LA JEUNE FEMME
ET LA PORNOGRAPHIE

ROGER DES ROCHES

La Jeune Femme
et la Pornographie

roman

LES HERBES ROUGES

Éditions LES HERBES ROUGES
3574, boul. Saint-Laurent, bureau 304
Montréal (Québec), H2X 2T7
Téléphone: (514) 845-4039

Maquette de couverture: Roger Des Roches

Illustration de couverture: Edvard Munch, *Puberté* (1895), Nasjonalgalleriet, Oslo.

Photo de l'auteur: Marie Josée Robitaille

Distribution: Diffusion Dimedia inc.
539, boul. Lebeau
Saint-Laurent (Québec), H4N 1S2
Téléphone: (514) 336-3941; Télex: 05-827543

Dépôt légal: deuxième trimestre 1991
Bibliothèque nationale du Québec
Bibliothèque nationale du Canada

À Marie Josée Robitaille

... tout ce qui y est, est absolument là.

Annie LE BRUN
Soudain un bloc d'abîme, Sade

*J'embrasse tes yeux promis à la nuit
un peu plus tard que les miens.*

Philippe SOLLERS
Les Folies françaises

1

1

Un matin qu'elle rentrait chez elle d'une longue promenade – brisée, nauséeuse, convaincue à tort ou à raison qu'il n'y avait maintenant plus rien à faire –, Hélène B. décida que, de toutes les bonnes et les mauvaises manières d'aimer, elle se devait d'opter pour celle qui lui permettrait, dans la mesure du possible, de se livrer entière. Entière et à jamais.

Et parce que c'était son corps qui était plein de drame – parce que le drame allait bientôt monter à la surface en grandes bulles lâches –, la jeune femme choisit alors, avant qu'il ne la transforme tout à fait, de réaliser des autoportraits qui iraient prendre sa place en amour.

En marchant à pas très prudents, Hélène B. mit au point une première partie de son projet: elle se prendrait comme modèle pour une série de nus – des nus pornographiques, afin qu'ils fussent bien *clairs* – et les expédierait un à un, ou plusieurs à la fois, jour après jour, de semaine en semaine, à un homme qui ne la connaissait pas. À un homme qui ne pouvait donc savoir qu'elle l'aimait plus que tout.

Assise plus tard dans sa cuisine minuscule, aspirant un bol de café trop chaud et trop fort, Hélène B. décida aussi de la date de son suicide. Elle fixa du même coup le décor et l'outil, puis s'abandonna enfin aux larmes.

Lorsqu'elle eut fini de pleurer (*mais on ne pleure jamais pour la* dernière *fois,* conclut-elle), Hélène B. fouilla dans un tiroir et y découvrit un paquet de cigarettes abandonné quelques mois plus tôt — lorsque deux hommes en blanc, ingénieux, mais peut-être cruels dans le choix de leurs mots, lui eurent annoncé qu'en vérité *personne* n'avait effacé en elle le péché originel. Les cigarettes étaient terriblement sèches — elles bruissaient lorsqu'Hélène B. les roulait entre le pouce et l'index —, des L&M achetées lors de son dernier voyage à Ogunquit. Ne trouvant pas d'allumettes, la jeune femme s'alluma à même l'un des éléments de la cuisinière. La nicotine lui donnait le goût de vomir, mais Hélène B. fuma deux cigarettes coup sur coup, lisant et relisant la ridicule mise en garde du *Surgeon General,* envahie par un curieux sentiment de légèreté.

… Un don complet. À sa manière. Hélène B. allait assurer à cet homme une présence complète, constante, envahir sa tête et son corps. Une présence enivrante. Puisqu'elle ne s'en sentait plus la force, parce qu'elle savait n'avoir plus le temps de lui témoigner la générosité et l'authenticité amoureuses qui lui auraient commandé, en temps normal, de ne pas craindre le regard de l'autre, Hélène B. choisit de *tout* donner en *représentant* tout, d'être généreuse en trichant, d'être authentique en l'obligeant, lui, à la rêver…

Il était encore tôt. Néanmoins, Hélène B. tira tous les stores de l'appartement. Elle glissa entre des draps qui lui semblaient maintenant étrangers, comme ceux d'une chambre d'hôtel – les plus confortables donc, les plus frais au monde.

– Éros, Thanatos, fit-elle à voix haute.

Puis elle rajouta, avec un petit rire, juste avant de glisser dans le sommeil:

– Etcétéros.

Hélène B. dormit sans bouger pendant plus de vingt-quatre heures.

Au réveil, il s'en fallait de peu qu'elle ne se sentît une femme neuve.

2

Elle regardait droit dans l'objectif de l'appareil-photo.

«Ça va me faire des yeux rouges», songea-t-elle.

Hélène B. avait les yeux lilas.

La jeune femme se rappela alors que, pour exprimer à la perfection ce qu'elle croyait «canaille», elle avait décidé de n'utiliser que de la pellicule noir et blanc.

«Ça va me faire des yeux blancs», corrigea-t-elle.

Hélène B. coiffa sa perruque avec soin: les boucles brunes – des monceaux de boucles brunes – tombaient loin dans son dos, lui donnant un air sage et sobre, ajoutant cinq ans aux vingt-six ans qu'elle avait fêtés au printemps. Elle portait un tailleur Chanel de fine laine taupe (son seul vêtement griffé, elle ne le portait d'habitude que trois fois par année, à Noël, au Nouvel An et à Pâques), un chemisier de soie blanche, un collier de perles de culture. Assise, jambes croisées aux genoux, juchée sur un tabouret placé à un mètre d'un fond neutre fixé au mur de la chambre, Hélène B. tenait, d'un geste délicat, comme s'il s'agissait d'un missel, un exemplaire relié pleine peau bourgogne des *Instituteurs immoraux*. Elle doutait fort qu'on puisse plus tard en déchiffrer le titre.

Ce fut le premier cliché: *La jeune femme propre se présente.*

Deuxième cliché: *La jeune femme se sent généreuse.* Accrochés à une patère tout près, à droite, juste à la frontière de l'image: jaquette, chemisier et camisole. Hélène B. soulevait les seins, comme en offrande, ou comme si elle eut voulu en évaluer la taille et le poids. Des seins lourds, très lourds, presque parfaitement ronds d'ailleurs (qu'ils tinssent du fruit ou du fétiche en avait surpris, charmé et effrayé plus d'un), mais surmontés de tout petits mamelons – pâles comme ceux d'un garçon blond.

Troisième cliché: *La jeune femme veut briller.* Hélène B. avait laissé glisser sa jupe par terre, ses bas, puis son slip. Cuisses bien écartées, pieds amarrés derrière les derniers barreaux du tabouret, elle portait le bassin vers l'avant. De l'index et du majeur de chaque main, la jeune femme ouvrait sexe et anus avec un enthousiasme dont elle espérait qu'il paraîtrait des plus surprenants à l'homme de sa vie. Le désir de plaire lui serrait cœur et ventre. Pas plus que sous sa perruque il ne demeurait un seul cheveu, sur sa vulve et autour du trou du cul il n'y avait le moindre poil; toute cette chair nue semblait attendrie par la lumière du flash.

Ensuite: la jeune femme s'approcha de l'appareil – qui ne pouvait plus demeurer simplement monté sur un trépied, mais qu'elle devait, selon la pose, installer sur le bord du lit, ou sur une chaise, et maintenir en place à l'aide d'un livre glissé sous l'objectif.

Cliché: *Jeune femme studieuse et appliquée.* Hélène B. porta un sein à sa bouche et le suça: elle avait découvert ce type d'exercice en parcourant les pages de plusieurs magazines spécialisés. Elle tira sur le mamelon avec ses dents, puis pressa les seins l'un contre l'autre, comme pour en faire jaillir du lait ou de l'amour. Petite de taille, la peau transparente à travers laquelle on décelait des lacis de veines et de veinules, Hélène B. présentait «le plus charmant embonpoint»: fesses, cuisses, ventre potelés, seins énormes – ce qu'elle appelait parfois son «riche corps d'étudiante en Lettres»...

Ensuite: elle fondait. Hélène B. fondait, chaque photo à peu près différente des autres, chacune exigeant qu'elle nie sa douleur. Pour fondre, elle ouvrait – elle s'ouvrait –, elle touchait et découvrait et caressait et frottait; elle léchait, massait, palpait, pétrissait, poussait... Elle bourrait ce qui béait avec ses doigts et des objets divers... Un doigt, deux doigts...

Cliché: *La jeune femme se charge de l'office.* Deux godemichets – un outil fort épais et un autre, beaucoup plus mince – pendaient de son sexe et de son trou du cul comme deux membres roses qu'elle aurait soudain fait naître à la mémoire d'anciens amants.

Ensuite: elle s'approcha de l'appareil. Hélène B. utilisa un miroir et un bâton de rouge, des crèmes, d'autres accessoires détournés de leurs fonctions originelles.

... Trois doigts, quatre doigts... Puis elle entra la main au complet et la ressortit, éblouie, victorieuse...

Elle posait. Chaque pose la faisait trembler. Mais parfois, c'était la douleur (oubliée, pas oubliée) qui la faisait trembler. Chaque pose la précipitait vers la suivante. L'appartement rapetissait et grandissait. Aquarium, cage, prison tiède, univers. Ce n'était plus la lumière du flash qui modelait les scènes – c'était la lumière du jour maintenant, une lumière mêlée à la poussière; une lumière *caressante, poétique* et *terrifiante* (pensa Hélène B.): la grande lumière du jour, celle qui entrait de partout, celle qui laissait derrière elle des taches beurre frais et bleu ciel frais sur les murs — la lumière de la vérité (décida Hélène B.), la grande lumière, pure, la lumière crue, pure et fine, la lumière royale de la pornographie.

3

Depuis trois mois, pour des raisons qui avaient tout ou rien à voir avec le diagnostic, Hélène B. avait reçu et écrit des douzaines de lettres; elle s'astreignait, de plus, à tenir quotidiennement son journal.

Les lettres qu'elle recevait, Hélène B. ne les ouvrait jamais. Elle les tenait longuement devant la lampe suspendue au-dessus de la table de cuisine; elle les sentait et elle les pesait; elle tentait d'en deviner le contenu. Si, comme cela arrive souvent, les enveloppes ne portaient aucune adresse de retour, la jeune femme tentait, s'appuyant parfois sur le cachet de la poste, d'en deviner l'expéditeur. Elle leur préparait dans sa tête de longues réponses, puis déposait les enveloppes, encore scellées, dans la malle au pied de son lit.

Dans un autre ordre d'idées, Hélène B. écrivait souvent des lettres – à sa mère, à des amies, à des copains d'université – qu'elle ne mettait jamais à la poste. Elle les rédigeait au stylo à plume sur du papier pur chiffon gris, gravé à ses initiales, et les glissait dans des enveloppes assorties. Le contenu lui échappait. Toutes ces lettres, correctement adressées, dûment affranchies, flottaient quelques jours entre la petite table près de la sortie et le comptoir de la cuisine, entre le comptoir et le bahut du séjour, puis se retrouvaient quelques jours plus tard dans la malle au pied de son lit.

«La vie, écrit James Joyce, c'est beaucoup de jours.» Hélène B. était convaincue du contraire. C'est-à-dire qu'il fallait prouver le contraire. Elle rédigeait chaque jour de deux à quatre pages dans son journal intime (un épais cahier, près de la dimension d'un dictionnaire, relié en toile vermeille, acheté cinq ans plus tôt à Paris). Chaque matin, à la lame de rasoir, elle découpait sans les relire les feuillets remplis la veille, recto verso, les pliait soigneusement, les déposait à leur tour dans la malle. Chaque soir, assise en tailleur sur son lit, la jeune femme entreprenait donc un journal vierge. La vie commence; la vie se poursuit; la vie, c'est beaucoup d'un *même* jour.

Puisque son journal intime s'ouvrait constamment sur une première page blanche, Hélène B. commençait chaque fois avec les mêmes mots joliment calligraphiés (vers la fin, l'écriture deviendrait forcément plus laborieuse): dans le coin supérieur droit, la date et l'heure; trois centimètres plus bas, à l'extrême gauche, les mots «Cher journal,». Puis, plus bas encore, cette fois d'une écriture qui rapetissait au fur et à mesure qu'elle alignait les mots, qui changeait d'allure, d'angle, de force (comme si plusieurs jeunes femmes, plus ou moins semblables à elle, réunies dans ce lit trop mou, se relayaient à la tâche), Hélène B. composait ses pages réglementaires. Une bulle de conscience, de sentiments, de faits et gestes – un territoire confortablement étroit (car le sommeil qui se place à chaque bout de la journée en resserre les frontières) – chaque jour, ainsi excisé du vide, se suffisait à lui-même,

21

ne débordait sur rien. On ne pouvait rien ajouter. La veille appartenait à un autre règne; demain, c'était le lendemain de rien du tout.

Dans le silence de la chambre, ou pendant que jouait très bas Mozart (habituellement: *Konzert für Klavier und Orchester, Nr 21 C-dur KV 467*), son stylo grattait le papier, plus ou moins rapidement. Lorsqu'il grattait trop sur la surface laineuse du papier, la jeune femme s'amusait à imaginer que c'était elle-même, Hélène B., qui, postée derrière la porte, transformée en petite bête fébrile, insistait pour entrer.

4

12 juin, 21 h 20 — «*Que nous enseigne la pornographie? Il y a la vie; elle va vite. Il y a* une *réalité; elle est* ici. Je *suis la réalité, avant toute chose; je suis responsable de sa cohérence. La pornographie exige sa cohérence. La pornographie nous enseigne que le bonheur est mortel, qu'il est véniel, qu'on a le droit d'en décider la forme et les limites. Comme vivre dans une pièce si claire que nos yeux ne s'habituent jamais, une pièce si confortable que le corps rougit, avec les meilleurs vins et la meilleure nourriture du monde, mais sans aucune idée de ce qui nous adviendra plus tard.*

«*La pornographie est un miroir tout aussi juste, tout aussi franc qu'un autre; elle présente la vie en tranches, chacune illuminée, entière et organisée; elle présente la vie échevelée, en* chapelets.

«*La pornographie, c'est une prière au Bon Dieu du cul.*»

□

12 juin, 22 h 20 — «*La pornographie, c'est cette part d'imaginaire qui prend lorsque l'imaginaire s'est tu.*

C'est la paresse et le plaisir. Ce mot puissant et vain: plaisir. Mais aussi, ainsi, l'homme et la femme devant des événements simples et sans conséquence. Cet acte parfaitement humain: se complaire. Et si la vulgarité (dont on dit qu'elle est l'âme ou la trame de la pornographie) se révélait en fait une forme d'expression désespérée du plaisir?...»

□

12 juin, 22 h 30 — *«Il n'en sait rien. Il n'a rien vu, rien deviné.*

«Il ne sait pas que j'existe; il ne sait pas que je vais bientôt cesser *d'exister.*

«Il ne sait pas comment je l'aime.

«Il ne sait pas que je lui appartiens...

«Je n'aurais jamais cru qu'il fût si facile de filer quelqu'un. Comme dans les livres. Surtout lorsque cette personne n'a aucune raison de se croire filée. Le jour, bien sûr. Car la nuit, même l'être le plus innocent compte les ombres devant lui et, dès qu'il les a dépassées, se retourne, refait le compte afin de voir si le résultat demeure le même.

«Je l'ai suivi pendant des heures: il est graphiste, travaille à son domicile, se déplace souvent, en métro, en autobus, pour porter des travaux à ses clients ou à ses imprimeurs. Il demeure tout près, mais c'est comme s'il s'agissait d'un autre monde; ces cinq rues qui nous séparent font toute la différence: des maisons plus soignées, de vieux arbres, beaucoup de fleurs, des bou-

tiques où l'on calcule vraiment le poids des aliments en grammes...

«*Il ne m'a jamais vue même si, la toute première fois, nous étions assis face à face dans la voiture de métro, puis face à face sur les bancs parallèles à l'avant de l'autobus.*

«*Et c'est arrivé tout à coup. (C'est toujours tout à coup que la réalité nous enveloppe ou nous échappe.) J'étais là, comme une idiote. Je savais, puis je ne savais plus. Soudain, il n'y avait plus que lui. Je me voyais: perdant peu à peu et rapidement tout sens de la mesure, aux prises (sans que cela ne parût) avec d'énormes sentiments (les sentiments sont toujours énormes), jambes croisées, ingénue, joliment emmitouflée contre l'hiver, mais le regard incapable de se fixer sur quoi que ce soit. En quelque sorte, je ne savais plus comment respirer. Je ne voulais surtout pas comprendre pourquoi on me happait, pourquoi j'étais tout à coup si différente. Je ne pourrais décrire ces sentiments qui m'"agitaient"; on peut les nommer, on ne peut pas les décrire; on ne peut pas les nommer: les sentiments changent toujours.*

«*Il n'y avait que lui: absent, beau, occupé à son monde et à ses pensées, se parlant fort probablement à lui-même, dans le secret de sa tête, dans son propre langage; il n'y avait que lui, parmi les autres, mais, tout autour, les autres et les choses faisaient maintenant pour moi partie d'une intimité menacée.*

«*Je suis descendue à son arrêt plutôt qu'au mien. J'ai marché lentement, discrètement (mes jambes, de toute manière, cherchaient à me trahir), et j'ai noté dans ma* tête son adresse lorsqu'il entra chez lui. Le lendemain matin, alors que l'aube était encore toute difficile dans l'air, je suis allée à sa porte et j'ai noté son nom qu'il avait fait graver, tel un notaire, sur une petite plaque de laiton...

«Certains soirs, alors que je jouais le rôle de la promeneuse sans soucis, passant et repassant devant le petit cottage propret, je l'ai aperçu, à la fenêtre de gauche, celle qui donne sur un séjour en partie transformé en cabinet de travail. Penché sur sa table à dessin, l'air sérieux (ou ennuyé), il était auréolé par la lumière jaune d'une lampe Luxo. Au fond de la pièce, des bibliothèques, une mosaïque de livres, des plantes vertes. Des images sur les murs. Il vivait seul, j'en étais sûre. Il travaillait (tout au moins ces soirs où je suis passée devant sa demeure) torse nu, une bouteille de vin blanc et une flûte déposées en équilibre sur le rebord intérieur de la fenêtre. Ai-je décrit Robert Y.? Je ne veux d'aucune manière le décrire.

«Au retour de ces promenades, je rentrais transie: à la mi-mars, il n'y avait plus de neige, mais tout demeurait comme à jamais durci, inaltérable. Je semais mes vêtements partout, sautais dans un bain bouillant, m'y masturbais jusqu'à ce que j'en gueule...

«Il ne sait rien, Robert Y. Comme si j'avais, peut-être cette première fois, dans le métro ou dans l'autobus, ou dans la rue, quinze mètres derrière lui, glissé entre deux couches de l'espace-temps et que je pouvais maintenant m'y mouvoir librement, tout près, invisible. Bien en chair, mais pas de la même chair. Amoureuse. Bien en chair. Amoureuse et invisible.»

5

Hélène B. vit apparaître son corps comme s'il émergeait du brouillard. Ou du lait. Il lui fallut quelques secondes pour s'y reconnaître. Au fond des bacs, les tirages grand format s'ouvraient paresseusement, comme des fenêtres. Quoique monochrome, tout avait l'air vrai, léger, aérien.

Enfermée dans le placard-laboratoire, Hélène B. était nue. Elle respirait l'odeur des acides auxquels se mêlaient les odeurs de son corps. La jeune femme vivait nue ainsi depuis six jours, sans cesse postée devant, derrière, autour de l'appareil, ses heures comptées, tout entière consacrée aux mouvements et aux poses qu'elle fixait sur la pellicule. «Il y a toujours une caméra quelque part», fit-elle. Elle se pencha au-dessus des bacs, écarta les jambes et s'enfonça un doigt dans l'anus. Et si c'eût été une queue? Sensation douce et curieuse. «Tu disparaîtrais en fumée.» De qui parlait-elle? Hélène B. sourit en songeant que cette sensation ressemblait à s'y méprendre à certaines dont elle eût juré qu'elles menaient à l'amour ou y participaient: triste et curieuse, une sensation – parmi toutes les autres possibles – de limites infranchissables, de cœur gonflé, d'espoirs et de regrets simultanés...

Les clichés pendaient partout dans l'appartement, épinglés à des ficelles qui le traversaient de bord en bord, feuilles contact et tirages. Hélène B. passa de la cuisine à la chambre, de la chambre au séjour, tête penchée, en zigzag. Comme lorsqu'elle explorait, enfant, les labyrinthes pâles formés par les draps qui pendaient dans la cour arrière de la maison de ses parents. Elle décrocha quelques images qui avaient séché et accrocha à leur place celles, humides, qu'elle transportait.

La jeune femme revint à son lit, s'y laissa tomber. La fatigue et l'excitation étaient telles qu'elle ne pouvait plus les mesurer. «La tête irritée», comme dans les romans d'Aldonze.

Six jours. Avait-elle seulement dormi? S'était-elle lavée? Il y avait toujours cette odeur qui la suivait – gâteau d'odeurs – chimie et biologie emmêlées; il y avait cette sensation de posséder maintenant un corps *ouvert,* trop ouvert, dont chacune des ouvertures lui paraissait distendue – comme si son corps, par ces ouvertures, s'était longuement et violemment vidé de son contenu. Ou plutôt, corrigea-t-elle, comme s'il s'était longuement et violemment *rempli* de matières, de souvenirs, de vies étrangères. Corps vidé, corps habité, corps possédé. Marié au chaos.

Mais la jeune femme demeurait seule dans l'appartement transformé en plateau et en usine...

Jusqu'à ce jour, Hélène B. avait empilé sur sa table de chevet une trentaine de photographies qu'elle jugeait réussies. Classées par ordre de licence – du sage à l'osé, du simple au complexe –, mais n'adoptant pas toutefois, pour l'instant, la progression dite «normale» ou «chronologique» – celle du strip-tease. Quoique les premières photos sur le dessus de la pile la représentaient habillée (il lui avait paru essentiel, dès le départ, d'esquisser des personnages: on rencontrait *La Professionnelle,* puis *L'Étudiante,* puis *L'Estivante*), les suivantes la faisaient aussi bien se déshabiller que se rhabiller, aussi bien enlever que remettre son soutien-gorge ou sa culotte, comme dans un court métrage monté à la diable. Hélène B. avait classé les clichés en respectant une logique personnelle: le rythme, la «grammaire», la «syntaxe» et la «sémantique» des gestes, des ombres et des lumières, de la rondeur ou de la profondeur des chairs, de ce qu'elle offrait – en l'approchant de l'objectif, en pointant cette chose du doigt ou d'un accessoire – et de ce qu'elle gardait, à peine secret, pour plus tard. («Plus nous avançons, mieux nous pouvons éclaircir notre lecteur sur de certains faits que nous avons été obligé de lui tenir voilés dans le commencement» François-Aldonse-Donatien-Louis.)

On pouvait distinguer trois groupes de photographies:

Le premier groupe était composé d'autoportraits – en pied, classiques, ou présentant le sujet assis, de trois quarts.

Les photographies du deuxième groupe s'ouvraient sur des mises en scène.

Les autres, c'était Hélène B. qui s'offrait, découpée, à la pièce, avec des attentions d'anatomiste: *pudendum feminimum, mons pubis, labium majus pudendi, labium minus pudendi, preputium clitoridis, clitoris, meatus, vagina, fossa vestibulis vaginae, commissura labiorum posterior, anus.*

Assise en tailleur sur le lit, elle étala les photos devant elle en trois demi-cercles. Sur les premières, Hélène B. était seule (seule et *complète*) devant l'objectif; sur les dernières, elle n'apparaissait plus que par la somme de ses parties. Mais c'étaient les images du deuxième groupe qui la troublaient: les mises en scène, *la perte...*

La vraie nature de la photographie, c'est la perte: perte du monde autour du sujet – celui des marges – perte des choses, du décor dont le sujet (s'il se regarde immobilisé) sait, se souvient avoir fait partie. Territoires effacés, escamotés. Employés licenciés, équipage disparu. Celui qui était à gauche, celle qui était à droite, celui qui attendait derrière l'appareil. Mais sur ces images, Hélène B. existait de deux manières à la fois: sa narratrice et sa narration. Lorsque la jeune femme réussissait à oublier la poire du déclencheur pneumatique qu'on décelait parfois derrière le tabouret ou le murmure du déclencheur à action différée qu'on entendait dans le silence de la pièce, la narratrice découvrait la narrée – belle étrangère aux beaux gros seins –, s'interrogeait aussitôt sur celles et ceux qui auraient pu assister, maintenant *perdus,* arrachés en même temps que le contexte et leur réalité, au *cinéma.*

Car il y avait dans ces photos des histoires, et il aurait pu y avoir, par exemple, cette histoire: *Le modèle professionnel décide de séduire par tous les moyens son timide photographe* ou *Glisse ton gros appareil sur mes lèvres juteuses.*

... Après avoir posé pour une série de portraits destinés à renouveler son composite, une jeune femme – que la timidité et les yeux sombres de son photographe irritent – met tout en œuvre pour faire du jeune homme son amant.

30

Bien que, jusqu'à cet instant, ç'ait été lui qui a donné les ordres (à la manière de tous les photographes représentés au cinéma: lieux communs, petits cris d'admiration, ton fébrile, contorsions), maintenant, c'est elle qui va mener le bal. Alors même qu'elle se tortille hors de ses vêtements, la grande blonde dirige les mouvements de son trop charmant Pygmalion: elle décide des angles et du cadrage, des plans, du sujet des images où elle va figurer. Le jeune homme n'oppose aucune résistance et, pendant quelques minutes, *de notre côté,* c'est la jeune femme seule que nous voyons, en vedette, comme par les yeux du photographe, ou à travers l'objectif de sa Nikon, se démener, s'écarteler, se faire grimper jusqu'à un orgasme bruyant.

Ce que nous voyons ici, sur la table de chevet − et d'ailleurs imaginons-les pour l'instant en couleur −, ce sont des photographies de plateau: elles iront plus tard garnir, rectangles ou cercles noirs surimprimés aux béances et aux intromissions, les pages de magazines pornographiques en vente libre ou, non censurées, celles de magazines placés sous emballages scellés.

Bien sûr, pendant que la comédienne exécute son solo, le comédien qui, dans quelques minutes, reprendra le rôle du photographe, attend patiemment, assis dans un fauteuil metteur en scène. Encouragée machinalement par une seconde comédienne dont le tour ne viendra que beaucoup plus tard (elle tient le rôle de la petite amie bisexuelle du photographe), l'érection du comédien demeure presque constante sans pourtant devenir douloureuse. Tout en masturbant son futur partenaire, la seconde comédienne lit un roman qu'elle tient ouvert d'une main; on pourra s'étonner ou pas que ce soit *Riders of the Purple Sage* de Zane Grey. Le comédien et la comédienne sont nus. Et tous les autres qui ont été ou qui vont être *perdus,* arrachés du monde par le mécanisme violent de la photographie – l'éclairagiste, le preneur de son et le perchiste, la scripte, la réalisatrice – vont et viennent en silence, affairés, discrets. Tout est trop vrai. *"Don't overdo it,* conseille le masturbé avec un large sourire, *or I'll come all over your book!"* Sans lever les yeux de son livre, la masturbatrice hoche la tête, sourit à son tour et ralentit le rythme. *"Fuck me! Yeah! Oh yeah! Yeah! Fuck me!"* hurle la comédienne perchée sur son tabouret qui menace à tout moment de se renverser...

C'était une étrangère. Une belle étrangère un peu potelée dont Hélène B. se surprenait à envier la grâce, l'agilité, le bonheur tout simple. Elle lui enviait ses yeux gourmands. Elle lui enviait le plaisir qui les faisait, ces yeux, semblait-il, s'emplir de larmes.

Hélène B. choisit un cliché au hasard: l'étrangère en elle présentait sa croupe à l'étrangère en elle qui, maintenant, glissait les doigts sur la surface parfaitement lisse de la photographie. À l'intérieur, dans le papier qui n'était qu'une façon parmi d'autres de supporter le monde, l'étrangère faisait béer son anus du pouce et de l'index de la main gauche. Ce que son visage, plus loin au fond de l'image, perdait en clarté, son trou du cul, la chair froncée autour, y gagnait en vérité. Hélène B. frissonna: c'était trop vrai. En noir et blanc, c'était trop vrai, comme toute pornographie, comme chacun des rêves qu'on se permet quand ce n'est pas la nuit.

Tenant à bout de bras la photo devant ses yeux, la jeune femme se ficha à nouveau un doigt dans l'anus; elle le retira et se l'enfonça dans le vagin; puis à nouveau dans l'anus. Si Hélène B. persistait assez longtemps, y mettait toute son âme, peut-être que cette jolie étrangère sur la photo prendrait soudain vie et l'accompagnerait dans ses efforts.

Comme lorsqu'elle accordait, enfant, souffle et mouvement aux statues de saints et de saintes dans la chapelle du couvent.

6

a) Elle présente le cul; elle a mis un loup noir, tressé sa perruque. Elle ouvre ce cul des deux mains. Auparavant, elle a soigneusement nettoyé l'anus et en a vérifié la propreté à l'aide d'un miroir. Rien à craindre: il flaire bon une eau de toilette hors de prix.

b) Debout. Blouse blanche et jupe d'écolière. Elle écarte les pans de la jupe d'un geste délicat, tel celui qui précède la révérence du petit page ou de la ballerine. Ses cuisses, fermes, éclairées par devant, forment un nid chaud au fond duquel repose sa vulve ronde et nue comme celle d'une fillette.

c) Assise. Blouse blanche et jupe d'écolière. Assise sagement sur une chaise droite: c'est-à-dire que le haut du corps paraît sage (tête droite, dos droit, sourire léger, mains jointes); mais elle croise les jambes exagérément (cheville gauche sur le genoux droit), sa jupe bée, et la jeune femme espère qu'on peut voir son sexe bavant parmi les ombres roses.

d) Debout. De dos. Devant sa planche à repasser, elle presse un chemisier de coton. Elle n'a conservé que des bas à mi-jambes et d'énormes souliers de cuir noir. On imagine sa peau fraîche – surtout la peau de ses fesses très rondes.

e) Debout. Toujours de dos. Toujours nue devant sa planche à repasser, elle a toutefois déposé le fer et prend appui sur la planche qui supporte mal son poids, tangue et grince. Le chemisier est tombé par terre et la jeune femme n'esquisse aucun geste pour le ramasser. Un long godemichet de plastique blanc dans son cul, on peut aisément imaginer qu'un filet de salive s'écoule de sa bouche alors qu'elle apprivoise, dans le silence de la cuisine, la sensation d'être enculée par le pénis de n'importe qui.

f) Tout simplement: assise sur le bord de son lit; l'air du matin qui entre, plus frais qu'à l'habitude; elle a néanmoins enroulé sa nuisette pêche sous ses seins; mains emprisonnées entre ses cuisses, ses doigts s'agitent et se noyent dans les jus dont rien ne trahit le flot odorant.

g) Tout simplement: étendue sur le lit dont elle a arraché les draps. Sur le dos. Jambes bien haut: «v» comme «victoire». Sourire entre les jambes. Bras à angle droit avec le corps: «t» comme «tendresse».

h) Elle feint de manger une collation – seins couverts de confiture et de chocolat. Elle feint de boire un verre – mais, tout à coup, elle devient vicieuse et utilise le goulot de la bouteille de château-d'arche 1975. Vicieuse timorée toutefois, n'en usant que sur le bout des lèvres, comme si c'était plutôt ces lèvres qu'on découvrait faites de verre et si fragiles.

i) Le jour: en jeune bergère, en jeune servante – jeune fille retirée dans ses dentelles et ses soies nouées de travers, ruban dans les cheveux, rose fichée comme une broche à son corsage, et son corsage ouvert sur un mamelon mutin que la guépière, dissimulée dans les gazes, replie sur lui-même et donne vie. Debout, comme stoppée dans un élan impossible à déterminer; lèvres vermeilles; regard incroyablement profond, doux et vide. Elle tient, dans les épaisseurs de sa robe, un objet impossible à décrire: *La Cruche cassée,* de Jean-Baptiste Greuze.

j) La nuit: assise sur le bord de son petit lit, elle serre les cuisses; bras croisés aux genoux, elle cache son sexe. Elle jette des ombres partout. Elle est assise, mais cette tension en elle pourrait la faire basculer vers l'avant, sur le sol poussiéreux. Elle ne peut cacher ses seins qui semblent la gêner, mais elle veille à les imaginer petits et pâles, veinés et froids. Yeux trop grands. Elle souffre de demeurer immobile; elle voudrait se jeter aux pieds de celui qui n'est pas là. *La Puberté,* d'Edvard Munch.

k) Le museau d'un ourson de peluche planté dans son sexe.

l) Jambes écartées, un pied par terre, l'autre sur un tabouret, un miroir placé de façon telle qu'elle puisse maintenant posséder, sur cette image, deux sexes plutôt qu'un, un sexe beaucoup plus vrai, beaucoup plus clair que l'autre.

m) Accroupie, puis assise et presque allongée par terre, elle lit un roman; ou plutôt, disons qu'elle a lu; le roman va bientôt lui tomber des mains; a-t-elle trop bu? On voit le jet d'urine qui décrit un arc de cercle jusqu'au sol devant elle.

n) Debout, tête penchée, les cheveux devant les yeux. Du pouce et de l'index, elle tire sur ses mamelons, tout simplement.

o) Debout. Jambe bien droite; l'autre jambe repliée; le pied nu à plat sur la petite table canadienne. Plusieurs objets longs et étroits étalés sur cette table: elle retire celui qui est en elle et, à son regard rêveur, on devine qu'elle va maintenant choisir le plus long parmi ceux qui lui sont présentés.

p) Une sucette lui gonfle la joue; elle va et vient alors qu'au même rythme va et vient une deuxième sucette cachée au fond de son sexe.

q) De dos, fesses présentées *comme il faut.* Cigarette allumée, plantée dans le trou du cul.

r) Tout simplement: debout, nue, peut-être inquiète. Bras le long du corps. Lourde. Elle craint de ne plus pouvoir continuer. Lourde, triste, mais sûrement amoureuse.

s) De dos, penchée au-dessus de son bain, pendant que l'éclairage la rend claire. Si superbement penchée qu'entre ses cuisses écartées on voit, qui pendent, tirés par la terre et l'espoir, ses seins superbes; si solidement écartée qu'entre ses cuisses ouvertes on voit son sexe bâiller, ses liqueurs perler, sa vie s'exhaler.

t) Et tout simplement immergée dans l'eau de son bain; on n'a droit, comme secrets enfin dévoilés, qu'à ses seins couronnés de mousse qui disparaît peu à peu. L'huile parfumée qu'elle a généreusement versée rend tout possible et impossible. Éponge énorme dans une main, elle sourit comme une enfant.

u) *La Cycliste prudente:* courbée sur sa bicyclette, tendue vers la route devant elle. Avec ce casque de sécurité, elle ne craint aucune chute. Elle lève le cul bien haut, bien rond, le tourne vers l'objectif afin de s'assurer qu'on ignore le décor qui n'est qu'une mauvaise esquisse clouée au mur de sa chambre.

v) Robe d'écolière. Manches ballon, gros pois jaunes. Tresses épaisses, frange dans les yeux. Grappes d'éphélides. Un regard si franc. La jolie jeune fille. La jolie jeune *nièce,* disons. Joues rondes. Socquettes. Cuisses rondes. Son ventre brille parce que sa robe et ses crinolines ont, inexpliquablement, grimpé. La jolie jeune écolière au cul frais. Son regard brille parce qu'elle laisse voir à l'ourson de peluche les mystères de sa fente ouverte.

w) Jeune écolière. Elle saute à la corde. (Il a fallu plusieurs prises afin d'attraper le mouvement le plus parfait possible.) Bien sûr, elle a abandonné sa robe et sa blouse de coton blanc. Elle n'a gardé qu'une culotte trop large qui monte jusqu'à la taille. Si on pouvait voir, on constaterait que sa culotte est tachée. Merde ou premières menstruations? La jeune écolière saute. Ses seins sautent. (Il fallait qu'une des photos montre ses seins grimpant haut, très haut, légers comme l'air, soudain libérés de leur poids.)

x) Nue, debout près de la fenêtre. En contre-jour. Soleil en fin de course. Surprise entre deux grandes décisions. Flancs couverts de sueur. La sueur fait de la peau le véritable habit de lumière.

y) Assise par terre, jambes ouvertes, yeux trop grand ouverts, mains comme des serres s'abattant sur son sexe brûlé par le flash.

z) Assise. Tout simplement. Contre un mur. N'importe lequel. La lumière ne la rejoint presque pas. Genoux contre la poitrine. Bras autour des genoux. Le visage caché au creux de ses bras croisés. On imagine que ses épaules se secouent. Seul son sexe – offert sans être offert, gonflé dans toutes ces ombres et par rien d'autre – nous rappelle pourquoi elle tient à faire tout cela.

(«Mais qui sont-ils?... Elle s'étend sur un canapé qu'on a traîné en soufflant et en jurant au milieu de la pièce. Son corps ruisselle. Le canapé présente déjà des taches raides qu'elle sent sous son dos (qu'a-t-on fait là?). De chaque main, elle tient les queues fermes de ceux qui les lui tendent; elle ouvre les jambes à celui qui, placé de côté afin de faciliter la prise de vue, la lui glisse – large et noueuse – dans le sexe; elle se doute que, bientôt, il va lui préférer l'anus, mais pas avant qu'elle ne l'ait inondé; elle ouvre la bouche à celui qui la lui laisse pendre, détendue mais si longue, *et qu'elle va s'enfiler jusqu'au fond de la gorge... Et d'où viennent-ils?»)*

7

17 juin, 20 h 10 — *«Nausées? Aucune. Douleurs? Pas aujourd'hui. Cocktail: Tylenol forte; Ampracet-30, 300 mg; Valium 10 mg; vin blanc, Lacrima Christi.»*

□

17 juin, 20 h 30 — *«Que peut-on faire d'autre avec ce corps? Toutes les contorsions sont possibles, je sais. Mais il me semble pourtant que je manque d'imagination. Proposition sur l'amour: manque-t-on d'imagination lorsqu'on aime? Je ne sais plus quoi offrir* d'autre, *je ne sais plus* comment *offrir: comme s'il me manquait soudain des membres. Tiens, comme si, par exemple, je n'avais plus qu'un seul sein au centre de la poitrine! comme si mes fesses étaient soudées l'une à l'autre! comme si tout le bas de mon corps avait disparu sans prévenir!... Comme s'il n'y avait qu'un seul plaisir possible, une seule* image *du plaisir, une seule image de la* promesse *du plaisir à offrir. Je ne sais plus. L'appareil-photo est un partenaire muet, idiot, qui n'offre aucune aide. L'angoisse du possible qui* doit *venir après l'impossible. Ou est-ce plutôt le contraire? Je suis aux prises*

avec mon cul, avec les seules choses que je puis y faire entrer...

«Comment dire "Je t'aime" de cette façon à l'homme de ma vie (à l'homme de ma mort)?...

«L'impossible. Ce qui survient après. Lorsqu'une séance de pose achève, j'ai toujours l'impression que ma tête va éclater; je dois me faire violence alors et arrêter – avant que la violence, d'ailleurs, ne devienne la seule solution. Pensons aux libertins désespérés, exaspérés, au désir exacerbé, de D.A.F., qui doivent s'en remettre, à la fin, à la souffrance... J'essaie d'imaginer tous les scénarios possibles (cette série de photos doit s'avérer longue et lente; il faut qu'elle dure, pour Robert Y., des semaines), mais il n'y a tout simplement pas assez d'images, et l'anatomie se révèle si vite limitée: le cul, les seins, la vulve, un doigt, deux doigts, dix doigts! (Hier, quand j'ai retiré mes doigts, accompagnant la merde, il y avait du sang.)

«Que puis-je faire d'autre? Je veux imaginer ce que Robert Y. désirerait que je lui accorde. Tout. Toutes les permissions. Mais, pour conserver dans ma tête l'image que je me suis faite de lui (est-elle si pure cette image?), ainsi que celle que je me suis faite de nous (le petit couple romantique?), ne devrais-je pas plutôt mettre un frein à mon imagerie, à mon bestiaire?...

«À moins qu'il ne s'agisse pas du tout de ça: ces photographies sont une offrande faite dans une langue liturgique, codée depuis des siècles et des siècles. Elle possède ses formules dont le sens n'est pas, à première vue, apparent: je lui récite ma part de bréviaire. Il ne s'agit pas de le ménager, de me ménager, de ménager mon amour pour lui, mais de montrer la bête polycéphale de mon désir, du *désir*...

«*Pornographie: don de soi, don de moi, telle que je n'ai jamais été, telle que je ne suis pas, ne serai jamais, mais un don qui n'est rien d'autre, en somme, que la piété qui s'exprime par les saints doigts dans le saint cul...*

«*Permettez-moi d'énoncer ce qui suit: la pornographie est une espèce de* tendresse. *Avec de la passion. Et de la joie de vivre. Comme mordre dans le gras du cœur. Comme mourir de fraîcheur: mains pleines, bouches pleines, culs pleins, légers et légères comme des victimes. Que nous rappelle la pornographie? La pornographie nous rappelle qu'il y a un corps autour de chacun de nous, que ce corps n'a d'autre choix que celui de demeurer un corps.*

«*Que nous rappelle-t-elle d'autre?*

«*Qu'un corps clamera toujours:* "Rêvons à un amour lumineux..."

«*Je ne sais plus quoi lui raconter...* "J'aimerais te sentir sur moi, sentir ton poids me river au sol, à même la terre, la tête truffée d'idées, de rêves, de recettes, occupée à écouter sous moi monter le murmure de la dérive des continents..."

«*... Proposition: contrairement à l'* "érotisme", *la pornographie consiste à raconter une histoire, toute l'histoire,* au complet, *généreusement.* "No holes barred!" *disent-ils pour pasticher le* "No holds barred" *de la lutte professionnelle. Mais, moi, je ne sais malheureusement pas comment tout dire, ou comment tout faire.*

«*Je ne sais pas où l'histoire que je veux raconter commence et où elle finit.*»

8

Elle ne rêvait plus la nuit.

Ou plutôt *(d'accord, Hélène B., on rêve toujours; faut qu'on se débarrasse de ses déchets!),* ses rêves demeuraient presque à coup sûr niais, entièrement consacrés à la défense, à la représentation de banalités. Mais le jour, elle rêvait.

Souvent, lorsque la douleur surgissait, que les médicaments tardaient à opérer leur magie, Hélène B. se hâtait vers le rêve. La jeune femme s'étendait sur le canapé et se laissait glisser dans un état de neutralité qui la préservait de tout – de sentir ou de penser – ce même état de neutralité et de quiétude ténue dans lequel elle devrait bientôt se réfugier, dans quelque temps, pour de bon cette fois, lorsqu'il lui faudrait battre de vitesse, déjouer la maladie et ses attaques débilitantes.

Un état de grâce. Hélène B. l'appelait ainsi lorsqu'elle racontait, dans ses lettres avortées à sa mère et à ses amies, son quotidien. *«Aujourd'hui, j'ai dû courir à toutes jambes vers mon état de grâce.»* Il s'agissait d'un état dans lequel la jeune femme se retrouvait, entre autres, telle qu'elle avait été *avant.* Aussi imparfaite que possible, lâche et gaie, enthousiaste et prudente: Hélène B., jeune femme fort jolie, fort intelligente, se mesurant alors à la vie plutôt qu'à la mort.

Lorsque la douleur avait des dents, lorsque la douleur la découvrait où qu'elle se fut cachée, Hélène B. s'enfuyait vers le canapé, plongeait dans son état de grâce et rêvait. Elle rêvait de certains hommes et même d'une certaine femme. Elle rêvait de certains gestes qui n'étaient plus que des souvenirs trop faibles pour s'y rattacher désespérément. Elle rêvait aussi de certains actes manqués. La jeune femme rêvait. Elle s'inventait des rêves. Lorsque la douleur arrivait, superbe et rayonnante, l'appelant par son nom, la jeune femme seule s'enfonçait dans le canapé, fermait les yeux contre les rais de lumière crue qui jaillissaient de partout, et, très vite, quelque chose, n'importe quoi, l'emportait enfin – ce qui avait été, ce qui n'avait jamais été, ce qui se concevait, ce qui ne se concevait pas –, un flot doux et calme qui lui empruntait son corps pour le livrer, inerte, aux mystérieuses et trop lentes gymnastiques des médicaments.

Chose curieuse, ou révélatrice, Hélène B. ne rêvait jamais à l'homme de sa vie.

9

Les très bonnes gens qui lui avaient accordé plusieurs sortes de cartes, ainsi qu'une importante marge de crédit bancaire, ne connaissaient rien de sa maladie et, à plus forte raison, de la gravité de cette dernière. Ils ne savaient rien du congé sabbatique qu'Hélène B. avait dû prendre dès le début des traitements. Comprenant qu'elle disposait alors d'une somme qui équivalait à une petite fortune, la jeune femme se procura, sans même prendre le temps de faire un minimum de shopping, une caméra vidéo avec son trépied – la plus moderne qui fut – et un magnétoscope – celui qui disposait, selon le vendeur, de toutes les fonctions de montage dont elle aurait besoin pour réaliser un travail de niveau professionnel. Elle se procura un téléviseur couleur ainsi qu'un deuxième, minuscule, noir et blanc. Elle acheta les appareils le matin, puis gagna avec des sourires et des minauderies qu'on les lui livrât le jour même.

... Il lui fallait de la couleur, des mouvements et de la voix. Un scénario et des soliloques...

Robert Y. hériterait du tout, à la fin, après les séquences de photographies et de lettres (n'étaient-elles pas encore rédigées?), comme un collage, un recueil, des miscellanées intimes, documentaires, pornographiques.

Hélène B. planta le trépied à droite du lit, assez loin de ce dernier pour qu'à aucun moment elle ne pût quitter le champ de la caméra, mais assez près aussi pour qu'il ne se perdît aucun détail, aucun geste ou expression, ni même aucune humidité.

Elle brancha la caméra au magnétoscope dans lequel elle avait déjà inséré une cassette vierge, vérifia le décor à travers l'œilleton et fit la mise au point: lit défait, coussins – beaucoup de coussins multicolores, «arabes», prêts à recevoir leur odalisque –, une bouteille de muscadet dans un seau rempli d'eau et de glace, une flûte, de la lumière sur les murs, sur les draps, beaucoup de lumière vulgaire. Par l'œilleton, la chambre, le «coin repos» comme on dit, paraissait se continuer à gauche et à droite, comme s'il ne s'agissait que d'une partie infime d'un ensemble cossu: tout était possible puisque tout demeurait hors champ.

Hélène B. fit démarrer l'appareil.

Elle s'avança lentement jusqu'au lit où elle s'étendit sur le côté. Tête penchée, ses cheveux tombaient et lui masquaient le visage.

– Je ne sais si tu verras ceci un jour, commença-t-elle, relevant la tête, écartant les cheveux d'un geste faussement distrait.

Sa voix était éraillée de n'avoir presque pas dit mot pendant plusieurs jours.

– Pourtant, continua la jeune femme, je suis sûre que maintenant tu veux beaucoup plus que de bêtes photos. Moi, je veux t'offrir plus que de bêtes photos.

Hélène B. portait un chemisier de soie et une longue jupe portefeuille, confectionnée dans un tissu qui, imprimé à larges fleurs, rappelait les années 70. La jupe bâillait de sa propre volonté; le tissu savait épouser ses formes, l'offrant et la dissimulant tout à la fois, la gainant, la drapant. Cette jupe, de tout temps, la jeune femme lui avait trouvé une allure à la fois exotique ou sacerdotale, et l'avait réservée pour la drague et la dépression. La lumière ne pouvait la traverser, mais le moindre vent la pressait contre ses fesses, son ventre et ses cuisses – de l'accident jusqu'à l'indécence.

Hélène B. se tut un instant, s'alluma une cigarette, en prit plusieurs bouffées avant de continuer:

– Maintenant que je m'adresse à toi...

La jeune femme hésita.

– À vous?... À toi ou à vous?

Elle sourit.

– Puis-je vous tutoyer, ou dois-je plutôt te vouvoyer?

Elle secoua la tête.

– On ne se connaît pas.

Elle leva la main comme pour interrompre la réplique de l'autre.

– Toi, d'accord. Toi, tu ne me connais pas. Moi... eh bien, moi je te connais un peu.

La jeune femme étira le bras hors du lit, écrasa sa cigarette dans un cendrier déjà rempli. Elle se releva et s'assit en tailleur.

– Tu me connais en images. Tu m'as vue toute nue. Moi, fit-elle en riant, malgré tous mes talents d'espionne – *Hélène B., la reine des espionnes canadiennes-françaises* –, moi... je ne t'ai jamais vu nu.

Sa bonne humeur disparut soudain:

– C'est peut-être d'ailleurs la chose la plus *horrible*...

Hélène B. entendait sans vraiment la voir la caméra qui ronronnait; les deux spots braqués sur le lit l'aveuglaient. *Je ne suis pas avalée par la caméra.* Elle était dehors. Au seuil de l'obscurité. Elle imagina que Robert Y. aurait très bien pu se tenir derrière, dans la mer d'ombres, parmi les choses floues qui n'avaient plus l'air de faire partie du même monde qu'elle.

– Je ne sais pas, dit la jeune femme en baissant les yeux. C'est idiot!... Maintenant que je m'adresse enfin à toi de vive voix, comme si tu étais là, à deux pas, je ne sais plus que dire... Je croyais pourtant que les mots viendraient aisément... J'imaginais que je pourrais t'éblouir: de belles déclarations intelligentes, de l'esprit, des expressions heureuses, comme dans les livres, comme dans les films – d'étonnantes découvertes de discours amoureux... Bah!...

Hélène B. croisa les bras sur sa poitrine.

– Puis-je te dire...

C'est idiot! fit-elle à nouveau. *Du cinéma amateur!*

Elle décroisa les bras, posa les mains à plat sur le lit... Dans une lettre, personne ne voit les ratures, les corrections, les ajouts qui étoilent les brouillons. Dans une photographie, on ne devine pas le temps qui s'est écoulé: calculs, esquisses, hésitations, reprises, épreuves déchirées. Quelque chose n'allait pas. Hélène B. se sentait reculer (le décor fuyait devant elle). La jeune femme semblait maintenant avoir oublié ce qui, ce matin même, l'avait fait se précipiter dès l'ouverture des commerces vers le dépositaire de matériel électronique le plus près de chez elle... N'avait-il pas été question d'opposer le mouvement à l'immobilité, la «vérité» à la «contrefaçon»? D'offrir la présence plutôt que les apparences? *La vidéo est un médium qui attrape le trouble,* s'était-elle dit au petit déjeuner. *Attrape le trouble, déniche le désordre, traduit la tension.* La jeune femme s'était dit aussi, mais en termes moins «sérieux», qu'il fallait du mouvement, des gestes, de la voix, des sentiments, des soupirs. Elle avait eu plein d'idées. *Imagine qu'une jolie jeune fille se présente chez toi; tu ne la connais pas; elle déclare qu'elle veut ta queue et elle...* Plus maintenant. Le trouble ne s'était pas fait chair. À l'intérieur d'elle-même, tout demeurait immobile et tout tremblait. Une noyade douce. Sans les mots, même les plus bêtes. Même ceux qui n'ont besoin d'aucun exemple ou d'aucune métaphore. *Je t'aime,* pensa la jeune femme, mais elle ne le dit pas.

Hélène B. ferma les yeux un bref instant. La caméra roulait toujours. Hélène B. dégrafa son chemisier – comme quand une femme est seule dans sa chambre et qu'elle sait que personne ne la voit: avec un air *naturel* –, l'ôta, le laissa choir sur le lit. Elle ne portait pas de soutien-gorge. Elle se mit à se caresser les seins avec vigueur – et un grave intérêt –, tel qu'elle l'avait fait plusieurs fois depuis ces derniers jours devant la Nikon, en pressant profondément dans leur chair, en les soulevant haut et loin, en les tirant, en pinçant les mamelons qui s'érigeaient aussitôt. La peau, trop blanche, trop fragile, conservait les empreintes de ses doigts. Hélène B. s'arrêta et regarda devant elle. Robert Y. – bientôt, tantôt, dans quelques semaines – avait-il fait glisser la fermeture éclair de son pantalon? Avait-il ouvert la braguette du pantalon, puis celle de son short, en avait-il extrait son sexe, le massait-il, maintenant, yeux rivés sur l'écran du téléviseur?

— Puis-je te dire que je t'aime? murmura Hélène B. Puis-je me permettre de te le dire sans aller jusqu'à t'expliquer pourquoi ou comment?

Son pénis n'était sûrement pas encore parfaitement bandé, encore moins collé au ventre *(eh! jeune homme!)*, mais il épaississait, oui, peu à peu, déjà lourd et veineux, très chaud – mais tout rose – au creux de sa main. C'était d'ailleurs le seul moment où, sans étouffer, Hélène B. aurait pu le prendre en entier dans sa bouche, jusqu'à la garde. Il ne sautillait pas encore; ni fébrile ni baveux encore.

Que faire d'autre? Fondre?

— Je ne sais pas parler cochon, s'excusa-t-elle en se débarrassant de sa jupe. Les deux seules choses que je sache dire sur ce ton-là, c'est «suce-moi!» et «encule-moi!»…

Hélène B. sembla réfléchir un instant.

— Fourre-moé ta crisse de grosse queue dans' plotte!

La jeune femme haussa les épaules.

— J'aimerais mieux, reprit-elle aussitôt, j'aimerais bien mieux *voir* ta belle queue entrer dans ma pelote… Les images cochonnes sont plus jolies que les mots les plus cochons…

Hélène B. se coucha sur le dos et enleva sa culotte. Elle écarta les jambes. L'air de la chambre rafraîchissait les jus qui lui mouillaient la vulve. La jeune femme se frotta le sexe vite et fort, du plat de la main, amusée par les bruits humides qu'elle faisait, mais se demandant si le microphone fixé à la caméra se révélerait suffisamment sensible pour les enregistrer.

Hélène B. se surprit à grogner d'impatience. Il manquait ses doigts! Ses doigts à lui bien sûr, accrochés à l'intérieur. Elle se surprit aussi à sentir son plaisir – un plaisir maigre mais aigu – s'emmêler à une tristesse abjecte. Il manquait le bout de sa langue à lui, qui lui aurait vrillé le trou du cul...

Le silence autour d'elle était trop grand.

L'autre, peu importe où il était, où il serait dans quelques jours ou dans quelques semaines, ne devinait rien.

Elle, Hélène B., n'était pas là où elle aurait dû être. Son imagination ne suffisait pas. La jeune femme frottait, frottait, mais sa gorge se nouait.

– Je t'aime, fit-elle tout à coup dans un sanglot. Crisse! que ça n'a pas d'sens!

Hélène B. ne savait rien, ne comprenait plus rien. Sans s'en apercevoir, en quelques secondes seulement, Hélène B. avait basculé. Elle n'entendait plus rien. Ou rien d'autre que le clapotis de ses doigts dans son sexe. Ses gestes, parce que la jeune femme les *jouait* – car on veut toujours jouer devant une caméra, alors que la caméra nous plaque toujours en pleine figure la preuve de notre mauvais jeu – ses gestes – même les plus nobles, c'est-à-dire les plus sales – lui semblaient maintenant ridicules et vains. Ce qui fonctionnait dans la pose n'allait plus dans le rôle.

Puis Hélène B. se dit soudain qu'il pourrait être en train de s'esclaffer devant l'écran, Robert Y., peut-être blotti dans les bras d'une toute jeune femme dont elle n'avait pas jusqu'alors envisagé l'existence – oui, dans ses bras à *elle,* nu, fertile, ou, justement, dans sa *bouche* à elle, énorme, ou, justement, dans son *cul* à *elle, loin* dans son cul à elle, engorgé, lubrifié, mains enfoncées dans la chair de ses hanches à *elle,* prêt à éclater malgré ses rires et ceux de sa compagne.

Hélène B. se releva d'un coup, grimaçant à la douleur qui lui traversait le crâne comme une punition pleinement méritée.

– Non! hurla-t-elle, arrachant sa perruque, la lançant à travers la pièce.

La caméra continuait de tourner. Crâne chauve. À peine quelques poils follets ourlés sur le dessus de la tête. Les yeux tout à coup si cernés, les traits si défaits, le corps si parfaitement trahi par le corps.

Coupez!

□

Hélène B. revint quelques minutes plus tard, rosie par l'eau de la douche, ralentie, lénifiée par les médicaments.

Elle rembobina la cassette, fit redémarrer la caméra.

Assise, nue, sur le lit, un godemichet enfoncé dans le sexe; Hélène B. le retira, puis le rengaina.

Il me faudrait des souvenirs de jeunesse, songea-t-elle. *Des caprices. Des vices. Comment j'ai deviné. Comment j'ai appris. Comment on m'a montré. On sait que les mauvaises pensées attendaient, déjà tapies au fond de moi... Je pourrais raconter mes souvenirs de jeunesse. Ces choses-là font bander plus que tout au monde! Les secrets de famille surtout. Histoires de curiosité et de précocité. Histoires de léchages, d'apprentissages, d'intromissions dans des vases très très étroits. Scènes folles qui montrent comment tout s'est mis en marche. Dussé-je d'ailleurs les inventer. Cousins, cousines, oncles et tantes? Gageures avec les cousins. Complicités avec les cousines. La toilette des oncles, espionnée; celle des tantes, partagée. Leurs indiscrétions. L'inceste: c'est à tout prix qu'il faut raconter des épisodes affreux ou tremblants. Le sexe ne vient jamais à la jeune fille sans détours, sans feintes ou sans ruses... Je ne sais pas... Comment j'ai appris à me masturber, par exemple? Si j'avouais que c'est ma mère qui m'a donné des leçons, à son insu, alors qu'elle se croyait seule dans le secret de son lit, mais que moi, j'épiais, coincée au fond du placard? La façon dont ses gros seins oscillaient au-dessus des draps, comme suspendus à son torse, alors qu'à quatre pattes, invitant peut-être un amant imaginaire à la prendre en levrette, elle enfouissait ses doigts dans sa raie et pompait. Au fond du placard, je l'imitais. À cette époque, je n'arrivais pas encore à répondre à ses gémissements par de véritables transports, mais quoiqu'il fût indécis et morcelé, mon plaisir me semblait la chose la plus belle et la plus grande possible.*

– J'avais quinze ans alors, dit Hélène B. d'une voix lente. Non. Quatorze plutôt. Mais j'avais grandi très vite, presque du jour au lendemain. Presque pas un poil au pubis, mais mes seins gonflaient chaque semaine un peu plus. Je...

Hélène B. se pencha vers la caméra, vers Robert Y. Les images se formaient dans sa tête:

– Ce jour-là, je donnais son bain à mon frère. Nous étions seuls, mes parents ayant dû se rendre d'urgence à Québec à cause d'une mortalité – ma grand-mère maternelle. Nos parents avaient l'air si *écrasés* qu'ils nous faisaient peur, mais cette liberté qui nous tombait dessus (jamais nous n'aurions été laissés seuls n'eût été la période d'examens scolaires qui débutait), cette liberté nous semblait providentielle. Nous n'avions rien d'autre à faire qu'à demeurer sages et prudents. Nous n'avions rien à prévoir, car notre mère nous avait préparé, à la vitesse de l'éclair, des repas et des collations qui devaient nous durer les deux jours à venir; elle nous avait donné tout l'argent de poche nécessaire pour survivre à d'éventuels imprévus. Nous avions la grande maison à nous seuls. Deux étages, un sous-sol, un grenier. Un nombre incalculable de pièces; incalculables parce que nous allions, seuls, y passer deux longues nuits... Nous avions donc exploré, Patrick et moi; nous avions fait des découvertes (la cache de revues érotiques de notre père, le journal intime de notre mère); nous nous étions chamaillés à plusieurs reprises – un pré-adolescent soudain accroché par les événements à une «jeune femme» qui avait tout autre chose à faire, qui voyait ses heures de liberté alourdies par des responsabilités démesurées... Mais le temps avait passé et nous nous étions retrouvés, vers onze heures, épuisés par toutes sortes de sentiments contradictoires. Je pris une douche rapide (j'étais une *grande*; je ne prenais *jamais* de bain) et enfilai mon pyjama de soie rose sans me sécher. Je tirai un bain pour mon frère. Par pudeur ou parce qu'il lui restait un peu de bouderie à brûler, Patrick refusa de se déshabiller devant moi. Il se déshabilla seul dans sa chambre, mais trouva tout à fait normal que je vienne le chercher et que je le mène par la main, tout nu, jusqu'à la salle de bains... Depuis près d'une heure, nous n'avions pas échangé un seul mot. La fatigue – et une conscience de ce deuil qui se déroulait à trois cents kilomètres de nous – nous avaient rendus muets... presque graves... Je lavai Patrick méticuleusement pendant qu'il demeurait immobile au fond du bain. Je crois que je chantonnais, doucement: une mélodie informe qui renaissait d'elle-même, se transformait selon le rythme de ma respiration et le cours de mes pensées. Après quelques minutes, je le fis mettre debout afin de le rincer. À l'aide d'une grosse éponge, je laissais couler l'eau tiède sur son dos, le long de ses membres. La mousse glissait, comme si la peau de mon frère eût été une surface trop fine pour la retenir. Chaque fois que je pressais l'éponge et que l'eau coulait, c'était comme si un autre vêtement tombait. Patrick tremblait un peu et mon ventre se serrait. Non, pas mon ventre, bien sûr: mon sexe. Sous les néons de la salle de bains – j'avais l'impression, tu dois le comprendre, que nous vivions dans une photographie – sa peau, encore hâlée de nos vacances dans le Maine l'été précédent, me semblait faite d'une matière tellement riche, tellement somptueuse, qu'après un certain temps à la rincer, je ne pus m'empêcher de l'embrasser, de déposer un baiser sur sa poitrine... D'accord, voilà quelques années, j'avais bien embrassé ses membres de bébé, mais c'était alors un enfant qui gigotait, pissait et braillait. Maintenant, je sentais sous mes lèvres une chaleur différente; je sentais aussi sous mes lèvres ses muscles se tendre et se détendre.

55

Je m'agenouillai. Je l'embrassai – oh! à peine! – sur la cuisse. Et ensuite, tout près de la fesse. À peine. Il ne bougeait pas. Je laissai tomber l'éponge dans l'eau du bain – peut-être tomba-t-elle d'elle-même. Je pris Patrick par les hanches et le retournai vers moi. J'embrassai son nombril, son ventre. Je tenais ses fesses au creux de mes mains. Une petite fesse ronde dans chaque main. Son érection me chatouilla aussitôt le menton. Je levai les yeux: son regard croisa le mien, et j'y lus plaisir et affolement. Patrick se mordait les lèvres. Je reculai un peu. Son petit pénis tout droit, belle tige rose et blanche, décalottée, me saluait. Je le pris dans ma bouche. C'était la première fois... Souvent, afin de simuler la fellation que je ne connaissais que pour l'avoir vue, figée et incomplète – les lèvres de l'officiante, souriantes, à deux centimètres du membre gorgé – dans les pages d'un magazine, je mettais un ou deux doigts dans ma bouche et les suçais énergiquement. Mais j'étais alors toujours aux deux bouts de la sensation: cette fois, enfin, c'était un membre étranger – son étrangeté – sa douceur – son inquiétante douceur – une créature douce, chaude, intelligente. Je me mis à le sucer, avec les lèvres en premier, puis avec la langue enroulée autour de lui, fabriquant assez de salive pour le noyer, l'aspirant et le noyant, le sentant vibrer à l'intérieur de ma bouche. Patrick allait défaillir. Je reculai, entendant pour la première fois le plop! amusant du pénis qui quitte, tout vibrant, la bouche d'une femme. Le prenant au creux de ma main (il dépassait à peine) je le masturbai par petits coups brefs. Je savais qu'un homme *doit* éjaculer, mais je ne savais pas qu'à son âge, Patrick en était encore incapable. Je le branlais et, plus je le branlais, accélérant le rythme, ses mains sur mes épaules, plus je sentais glisser en moi une impatience qui m'étonna: j'étais habituée à mes propres réactions, à mon plaisir – je n'avais pas l'habitude de l'autre, de l'Autre avec un grand A, de ce corps qui n'était pas le mien. Je n'avais aucune idée des orages qui hurlaient en lui, mais je compris à cet instant que, peu importe la façon dont je m'appliquerais ou l'attention que je porterais aux désirs et aux paroles de l'autre, d'aucune manière ne me serait-il possible un jour de vraiment *savoir* ce que l'autre ressentait, son plaisir, sa douleur, ses espoirs ou ses regrets. Je masturbais Patrick, presque violemment, mais j'avais en même temps à étouffer mes sanglots: mon corps était retourné à lui-même, pour la première fois entièrement retourné à lui-même – j'avais une poupée devant moi, consentante et fragile –, je devinais tout ce qui pouvait être fait, mais toutes ces frontières aussi: les frontières se dressaient, les impossibilités naissaient, florissaient dès que je touchais le corps de l'autre. J'arrêtai. Patrick avait débandé sous la fureur de mes services, mais une goutte de liquide transparent perlait au bout de son sexe. Salive ou sperme? Je lui ordonnai: «Viens-t'en!» Il sortit du bain en automate. Je le séchai rapidement. Patrick me suivit dans ma chambre et s'étendit aussitôt sur le lit. Il écarta les jambes comme une putain. Je ne savais pas ce qu'il pensait; je ne le savais pas alors, je ne le sais plus aujourd'hui. Mais j'étais persuadée qu'il avait, d'une manière peut-être informe, espéré ce moment: caché sous le lit quand je me déshabillais, ouvrant «par hasard» la porte de la salle de bains au moment où je sortais de la douche, lorgnant mes seins qui, contrairement aux seins de toutes les filles de mon âge, gonflaient admirablement mes chandails. Patrick avait sûrement imaginé toutes sortes de choses, sans pouvoir bien sûr y accoler les gestes. J'avais l'intention de lui donner tout ça, de lui apprendre les gestes et, moi, de *tout prendre*.

Hélène B. s'arrêta, regardant autour d'elle, comme si elle eût voulu dénombrer les témoins, les curieux amassés peut-être autour d'elle, accueillir et juger leurs réactions à son récit. La jeune femme s'alluma une cigarette, respira profondément. *Tout prendre,* pensa-t-elle. *Tout lui arracher? Je brûlais.*

— Je ne m'étais pas calmée. Je brûlais encore. Je me déshabillai — j'arrachai mon pyjama plutôt... C'était bizarre... Quel âge avais-je? Quatorze ans? *(Dis que tu en avais treize, Hélène: des seins de femme sur le corps d'une fillette de treize ans! Raconte la fois où tu t'étais présentée nue à ta meilleure amie en lui déclarant: «Un jour, je vais devenir ton mari!»)* Quinze ans, quatorze, treize? Je n'avais plus aucune conscience de mon âge réel... D'ailleurs, nous n'avons jamais la moindre idée de notre âge, sauf lorsqu'on nous l'oppose comme défaut, comme handicap — lorsqu'on nous annonce qu'il faudrait se *transformer,* être tout autre, pour acquérir des droits ou des permissions qui nous semblent pourtant à notre portée, choses dues et gagnées. Non. D'habitude, on est soi, on est à soi, on est en soi — tout simplement... J'étais Hélène B., entière, brûlante, sans passé: j'étais *au présent,* sans intérieur, sans extérieur, seule consciente des événements qui se déroulaient. *(Mais je brûlais — je me consumais.)* Je me caressais, debout au pied du lit, devant

Patrick, à pleines mains – mes mains n'étaient pas assez larges ou assez douces pour m'arracher le plaisir qui roulait comme une colonie d'insectes sous ma peau. J'allais me consumer. C'était à mon tour de trembler. Je sautai sur le lit. L'urgence prenait des proportions telles que je me sentais capable à tout moment de quitter mon corps, de me dédoubler, d'éclater dans ma petite chambre aux murs et au mobilier corail. Je délirais. Moi qui déteste le délire et tout ce que ça suppose. Mais je délirais, et c'était bien et mal. Quelqu'un qui était moi s'affairait aux commandes, et je n'avais plus, moi, aucun contrôle. Je m'étendis à côté de mon frère et l'avalai. Je le suçais, je l'aspirais – je levais mon cul afin d'y fourrer les doigts –, mais ce n'était pas assez. Patrick ne pouvait m'emplir la bouche, quand pourtant je savais qu'il *devait* m'emplir la bouche. Je le laissai. Je le retournai sur le ventre – *c'était une poupée!* Je lui commandai de s'agenouiller – il obéit sans dire mot; je ne voulais surtout pas qu'il parle – et je le pris par-derrière: je mangeai son cul, perçai son trou du cul – mais ma langue n'était pas assez forte et n'entrait pas très loin –, je lui mangeai la poche par-derrière, sa toute petite poche congestionnée, je courbai son pénis vers moi et le suçai par-derrière. Ma langue ne pouvait pénétrer dans son cul – d'accord –, alors j'entrai un doigt, sec, jusqu'au fond. Patrick sursauta, mais ne cria pas. J'entrai un deuxième doigt, puis un troisième, groupés en épi comme si je venais de me fabriquer ma propre queue à moi. J'allais, je venais. Je lui secouais la queue jusqu'à la lui arracher. C'était ça? *Non!* Il en fallait plus! J'étais déjà au fond de son cul, mais il m'en fallait plus. À ma grande surprise – mais aussi avec la plus grande joie et la plus grande honte – je me mis à pisser. Un long jet bruissant qui n'en finissait plus. Je pissais, je pissais, j'aurais voulu tout boire en même temps, me replier sur moi-même, lèvres collées à mon sexe comme une pompe, tout avaler, la pisse, les jus, la crème. J'étais sur le point de hurler. J'avais treize ans, bon Dieu! et j'étais prête à hurler! Des mots grimpaient dans ma gorge, des mots dont je ne connaissais même pas le sens ou la façon de les prononcer, mais qui s'y formaient d'eux-mêmes – comme si la vulgarité, l'excès, le langage de la crise étaient choses innées, des parties archaïques du génome. J'ordonnai à Patrick de se remettre sur le dos. Ses yeux étaient fermés si dur que les larmes coulaient. Je m'assis sur son visage. Je lui dis: «Lèche!» et il lécha; «Entre ta langue!» et il la fit entrer; mais ce n'était qu'une salve de chatouillements. Mon cœur battait à rompre; mon ventre, à me faire vomir. Je me tortillais sur mon frère, ne laissais jamais son pénis que je gardais prisonnier dans mon poing... Le temps ne passa pas comme dans un rêve: je me tortillai sur mon frère, sous lui, pendant tout près d'une heure. Patrick se remit à bander. Je le fis me pénétrer en sexe et en cul, mais équipé qu'il était d'une petite queue, d'une toute petite queue, si *démesurément* petite et mince, Patrick n'allait pas plus loin que l'entrée de mes trous, pas plus loin que la surface, alors que c'était *sous* la surface que ça se passait, juste sous la surface, là où se cachait quelque chose de plus fort, de plus doux, de plus déchirant – quelque chose qui cherchait désespérément à sortir. Lorsque Patrick débanda encore, je le fis pisser – je dardai la langue dans son jet et il m'éclaboussa.

Hélène B. fit une grimace.

– Mais le lit était trempé maintenant!... Je puais l'urine... Je n'eus pas trop de deux jours pour remettre le matelas en état avant que ne reviennent mes parents!

Hélène B. croisa les jambes, reprit le godemichet qu'elle avait oublié depuis le début de sa narration. Elle s'en caressa les seins un instant.

– Dès qu'il comprit que j'avais terminé, reprit la jeune femme avec un air plus sérieux, ou plutôt dès qu'il comprit que je ne pouvais plus continuer, Patrick s'enfuit dans sa chambre. Je restai seule. Seule avec ma fébrilité, mon drame si tu veux. Mon drame était plus grand que moi, plus... vieux. Plus ancien que moi... J'avais l'impression de m'être vidée de mon souffle, et ça depuis longtemps, mais qu'on m'avait remplie de quelque chose d'autre: des humeurs folles, des nœuds... Je pensai à Patrick: je n'avais pas réussi à le posséder, pas *entièrement*. Il ne me restait plus rien maintenant que mon frère avait quitté la chambre. Son corps, des odeurs, tout ce qui ne m'appartenait pas, mais que j'avais voulu m'approprier, tout résidait maintenant dans le passé, un passé si récent, mais comme dans une autre vie, dans un monde inaccessible. Je découvris alors la mémoire, la faiblesse et les tromperies de la mémoire. On ne se souvient de *rien*. Plus on creuse, moins on retrouve quoi que ce soit, plus on aplatit les gens, les événements, les sentiments: le plaisir ne tolère pas de se retrouver en petits paquets de produits chimiques disséminés à l'intérieur du cerveau...

Hélène B. se leva.

– Que s'est-il passé ensuite, me demandes-tu? Nous avons remis ça dès le lendemain... Plus doucement au début... C'est Patrick qui vint me retrouver dans ma chambre dans l'après-midi. Au départ, ça se déroula sur un mode plus doux: Patrick me suivait autour du lit et me léchait partout – comme s'il s'était métamorphosé durant la nuit en petit chien affectueux. Puis, plus violemment ensuite... Parce qu'il savait que je voulais ce qu'il ne pouvait me donner... Nous avons continué ainsi pendant des mois et des mois. Pendant trois ans d'ailleurs. Il dormait avec moi des nuits entières, le nez planté dans ma raie, s'éveillant au petit jour dans mes odeurs altérées par le sommeil... J'ai été témoin de sa première éjaculation. Je l'ai avalée! Je m'en souviendrai sûrement plus longtemps que lui s'en souviendra!... Puis, quelques minutes plus tard, je l'ai fait venir à nouveau, dans ma main cette fois, et je m'en suis huilé le cul. La belle machine!... Quelques semaines plus tard, je lui présentai sa première «maîtresse», une fillette, la sœur de ma meilleure amie... Je les ai aidés à aller plus loin qu'ils n'en étaient vraiment capables... Une mignonne petite. Longs cheveux blonds. Nous l'appelions Alice. C'était son nom de code dans nos conversations, à Patrick et à moi. Elle avait de tout petits seins, des bourgeons qui la faisaient souvent souffrir... Pendant qu'ils se démenaient dans mes draps, moi, je les prenais de partout, je les retournais comme des crêpes. Ils étaient des jouets suants, silencieux, et moi, au-dessus d'eux comme un ange dément, comme une maîtresse de ballet qui ne se souviendrait plus de ses chorégraphies, je me retrouvais seule. Plus seule encore. Mais j'aspirais ce qu'ils dégorgaient, le peu qu'ils arrivaient à dégorger. Je faisais des plans, je les défaisais aussitôt. Ils n'avaient, elle et lui, qu'un seul corps chacun à m'offrir, à écarteler pour mon profit, même s'ils

tentaient désespérément, charmantes poupées quand
même, de se dédoubler en se fondant l'un dans l'autre.
Ils n'avaient qu'un seul corps. Je les regardais d'en haut,
doigts fichés n'importe où. Je me frottais contre eux. Je
ne pouvais pas me perdre en eux. Je les regardais qui se
refermaient comme des fleurs. Ai-je dit qu'ils se refermaient? Idiote! Ils apprenaient... Mais ils auraient pu
tout aussi bien être en verre, colonies de cristaux transpa-
rents: je voyais mes membres à travers eux, les fleurs
imprimées sur mes draps. Ils auraient pu être vides à
l'intérieur, simples coquilles poreuses, dotées de mouvement, mais pas de la parole. Ç'aurait pu être un rêve:
Patrick ne disait rien; Alice gémissait à peine; on n'entendait que mes ordres, clairs et brefs, clairs et durs,
quand je réglais les figures. On n'entendait que mes
ordres... Si on me l'avait demandé, j'aurais répondu que
je voulais donner des ordres à la réalité.

10

22 juin, 3 h 30 — «*Cher journal, je crois que je n'ai presque jamais rien fait de gratuit.*

«*...Et pourtant, n'est-ce pas que je croyais que tous les gestes, tous les beaux gestes, devaient être gratuits?*

«*Les gestes du sexe du moins... Gratuits... Pour l'autre comme pour soi... Aériens... Licence comprise, accordée, acceptée... Comme d'ailleurs le comprennent, l'accordent et l'acceptent les personnages dans une pornographie: on devine, on s'exécute... ou on laisse s'exécuter...*

«*La jeune femme attend que la voiture de métro soit vide, à l'exception de l'homme qu'elle désire. Entre deux stations, elle court vers lui, se déculotte (d'un geste qui tient de la prestidigitation), lui offre son cul à manger. On le voit à son large sourire: c'est ça qu'il espérait. Maintenant qu'ils opèrent, personne ne viendra les interrompre: le temps s'étire, entre les deux stations; la rame vogue sans fin, sans doute accrochée à un ruban de Möbius.*

«*Même chose pour ce qui concerne l'étudiant que son institutrice garde en retenue après les cours. Pendant qu'il recopie un passage de Françoise Sagan ou de Réjean Ducharme, il jette des coups d'œil rapides sur les seins volumineux de la jeune femme* (Teacher's pets). *Le garçon rêve à ces seins, à la façon dont ils se balancent toujours si lourdement lorsqu'elle arpente la salle de cours et se penche sur le travail d'un de ses confrères... Il bande... Une érection qui pointe à travers son pantalon de jogging. Il se lève, marche lentement vers la jeune femme. Son érection tend le molleton. Il fait le tour du bureau. L'enseignante se retourne sur sa chaise. Pendant qu'il était occupé à rêver et à recopier, elle avait enlevé jupe et culotte. Elle mouille formidablement. L'étudiant s'agenouille entre ses cuisses et la bouffe. Plus tard, il se relève, laisse tomber son pantalon et se masturbe rapidement sur la touffe qu'elle lui offre. Rien n'a été dit. Rien n'a été demandé ou réfléchi. Telles ces personnes qui, dès leur première rencontre, n'importe où, après des banalités d'usage échangées avec des sourires complices, s'abattent les unes sur les autres, chargées de plaisir. Aucun de ces personnages ne va perdre, c'est compris, c'est entendu. Ils ne connaissent pas le mystère ni les limites. Tu sais ce que c'est, Robert, les limites?...*

«*Ou bien, tiens, la bonne, la mignonne petite bonniche sud-américaine, dans ma chambre d'hôtel: ses fesses gagnent en rondeur et en volume au fur et à mesure que je la regarde faire mon lit. Je suis assise à deux mètres d'elle, dans un fauteuil profond. Je* sens *qu'elle mouille. Les bonnes mouillent toujours lorsque les clients sont dans la chambre avec elles... Moi non plus, je n'ai rien à faire, rien à dire. Sans se retourner (elle sait que je la contemple depuis longtemps), la voilà qui relève sa jupe; toujours penchée sur le lit (elle veut donner le meilleur spectacle, celui du cul ouvert et bavant), elle fait glisser* sa culotte par terre: l'odeur vient alors jusqu'à moi (la bonniche est en odeur de facilité!) et je vais aussitôt prendre ce qui ne m'est pas offert mais donné d'avance, sans salaire de faux sentiments ou de grandes passions... sans misère...

«...Je n'ai jamais posé de gestes gratuits. Retenue, discours de retenue, censure, crainte de jouer un rôle qui ne fût le mien, crainte d'aimer ou de ne pas aimer, peur du péché ou du ridicule. Je ne sais pas. Mais pourtant, maintenant que je n'ai plus rien à offrir, voilà que je veux tout donner gratuitement!»

11

C'était un été frais. Un début d'été trop frais, pas du tout généreux – l'été ordinaire au Québec, sans printemps qui vienne l'introduire –, avec ses constants reculs, ses ratés, ses perpétuelles menaces de ne pas s'installer, de ne plus jamais s'installer. Les ciels demeuraient décolorés. On ne sentait pas qu'il se cachait un quelconque plaisir, un projet merveilleux, derrière ces transformations par lesquelles la ville venait de passer – tout ça pour rien? Chaque nouvelle journée, plutôt que de *s'ouvrir,* rappelait l'hiver qui venait à peine de quitter l'air et le sol, et déjà l'automne qui se cachait non loin, patient.

Ce serait donc le dernier été de sa vie.

La veille, Hélène B. avait peu écrit dans son journal. Après les salutations d'usage, la jeune femme avait noté: *«Je ne pense pas à la mort.»* La phrase, songea Hélène B., se révélait un peu contradictoire, petit paradoxe ou petit lapsus. Elle avait alors rajouté: *«Mais je ne pense pas à la vie non plus.»* Et rien de tout ça qui sonnât faux – ou forcé. Ni plus vrai ni plus faux que tout le reste, non? La vie était sans espoir, la mort, sans issue. Et puis après? *«Je n'ai jamais parlé de la mort.»* Comme si le mot «mort» – le seul mot dans la langue française qui ne soit formé que d'une seule syllabe muette – n'eût rien voulu dire. *«Je ne me suis jamais imaginée morte et enterrée.»* Hélène B., froide et raide. Observée par quelque improbable témoin, enfoncé dans la terre humide à ses côtés; ce témoin, narrateur fort discret, lui prêtant les images qu'il se fabrique d'elle pendant qu'elle tente de deviner ce qui, dorénavant, gonfle ses veines à la place du sang... Cette seule scène lui suffisait, dépourvue de clichés – car c'étaient les clichés qui lui faisaient peur, les clichés qui la faisaient encore pleurer: l'absence, les regrets, les amours en allées, la fin de tout. Cette seule scène lui suffisait donc: elle n'illustrait pas la douleur, mais parlait de grands remèdes contre la douleur administrés longtemps dans le noir; elle ne discourait pas de celles et de ceux qui resteraient derrière (celles et ceux qu'elle connaissait ou qu'elle n'aurait jamais le temps ou le bonheur de connaître): tout se réduisait à ce corps-là – lui-même réduit à son enveloppe et à son symbole, Ophélie B. flottant sous une rivière de terre.

Cette image suffisait à la jeune femme – elle lui suffirait jusqu'à la fin sans doute – alors qu'elle marchait, tête haute, d'un pas juste un peu trop lent, sur le trottoir couvert de poussière et d'immondices. Hélène B. marchait vers la maison de Robert Y.

Hélène B. était nue sous sa robe.

«Je ne sors presque plus: à peine que pour les courses et l'essentiel. L'été tarde. L'été est là, mais en fait il tarde. Est-ce qu'il retient son souffle jusqu'à ce que moi, j'aie rendu mon dernier? Je ne veux plus sortir: dehors, les choses ont beaucoup trop changé. Ici, à l'intérieur, c'est une cage douce, avec ses odeurs de parfum et de

bains révélateurs. Dehors, il y a trop de gens, trop de choses, un fouillis: trop de gens, agglutinés en grappes ou qui se faufilent un à un à travers l'air sec. Quand je sors, je dois m'habituer de nouveau à cet air-là. De la mélasse... cristalline... Ces gens, celles et ceux que je vois de ma fenêtre, plus petits qu'ils ne le sont en réalité, sont tout à coup grands, minces et préoccupés. Je ne vois pas leurs yeux de la fenêtre de l'appartement. D'ici, leurs mouvements, leur démarche semblent parfaitement normaux. Puis, parmi elles, parmi eux, je suis une étrangère; leur étrangère.» [...] Plus tard: «*J'ai mis le nez dehors: une petite heure. J'ai marché jusque chez lui. Je portais ma robe de tricot; robe très courte, très légère. Rien dessous...*»*

Si elle avait eu à se pencher, si le vent s'était levé, Hélène B. se serait retrouvée découverte. La jeune femme aimait à se l'imaginer. Un passant qui l'eût suivie: yeux rivés sur la raie de ses fesses, sur le petit animal sécable qui s'y loge...

Avant de sortir, Hélène B. avait pris un long bain; elle s'était aspergée d'eau de toilette, soignant tout particulièrement le cul et les seins. Debout devant son grand miroir: Hélène B. avait maigri; ses seins ne lui semblaient plus aussi fermes qu'auparavant. Elle avait donc tant maigri en quelques jours seulement? Hélène B. mangeait peu, soit; elle passait le plus clair de ses journées absorbée par des mises en scène qui l'épuisaient. Et la maladie, espèce de sœur jalouse, qui s'en prenait aux organes, aux muscles, aux os, aux nerfs... Si Hélène B. faisait pivoter le torse, ses seins oscillaient, lourdement, mollement. Oui: ils devenaient de plus en plus tendres, plus faciles à marquer... La jeune femme écarta les jambes, fléchit les genoux comme si elle allait insérer un tampon; c'est un doigt plutôt qu'elle fit entrer en elle. Deux doigts: l'un par-devant, l'autre par-derrière. Impossible de jouir dans une position semblable, en équilibre, les mauvais muscles bandés. Hélène B. ne voulait d'ailleurs pas jouir: elle voulait tout bêtement voir. *Mais*, songea-t-elle, *les yeux ne sont jamais placés aux bons endroits. La photographie sert à ça.* Hélène B. s'agenouilla, mais refusa de prier.

... Un peu plus tard, la jeune femme avançait vers la maison de Robert Y. Elle réfléchissait à la mort, d'une manière qui ne comptait pas vraiment, s'étonnant au même moment qu'on sentît l'air, fût-il tiède, presque inexistant, davantage lorsqu'il courait sur un sexe nu que lorsqu'il courait sur des bras nus. Le tissu de sa robe caressait ses cuisses, à chaque pas, la distrayant de ses pensées morbides, fussent-elles rares, incomplètes et trop prudentes: la caresse la ramenait à elle-même, à ses offrandes, aux parties de son corps qui auraient pu être cédées aux autres, à qui que ce soit qui en eût exprimé le besoin. Additionnant chaque partie de son corps à peine caché par la robe de fin tricot, Hélène B. devenait immortelle, musclée, prête à tous les désirs et à tous les intérêts. Et si la mort traînait derrière, rendez-vous troublant, rendez-vous avec la fin, avec aucun vertige qu'elle ne connût, Hélène B. pouvait encore se voir marcher, se voir respirer, se savoir seins et cul moulés par sa robe, du jus perlant entre ses cuisses: la jeune femme leva la tête, regarda autour d'elle. Malgré la mort qui, titubant à côté d'elle, était la chose parfaite qui la distinguait de celles et

70

de ceux qu'elle croisait, Hélène B. se sentait capable de tout nommer: les mots lui remplissaient la tête.

«Hier, dans la matinée, après une courte sieste, je me suis éveillée tout à fait incapable de me rappeler mon nom. Je ne me souvenais plus qui j'étais, où j'étais, ce que j'y faisais. Je n'arrivais plus à bouger, clouée au lit trempée de sueur par une présence énorme qui s'était étendue sur moi et qui m'étouffait. Une présence ou une absence?... J'ai mis une heure à revenir à moi, à rapatrier tout ce que je sais... Trop de médicaments, bien sûr. Les médecins m'avaient prévenue... Puis, ça m'est revenu, par bribes, peu à peu, mais c'est son nom à lui qui m'est revenu en dernier.»

Hélène B. pouvait nommer les choses; cela lui paraissait la méthode la plus efficace pour éloigner la mort. Aussi longtemps que la jeune femme pourrait nommer les choses, trouver à chaque chose une place autour d'elle, un sens duquel elle ne serait pas exclue, des liens, dussent-ils se révéler ténus, des ancres, des rapports, ainsi que la conviction qu'il devait ailleurs exister une matière, des matières, toutes aussi solides que ses flancs étaient solides lorsqu'elle y glissait les mains à plat, la fin demeurerait suspendue à l'extérieur.

L'été, une manière de méchant printemps, avait fait sortir les enfants maigres, les chats, quelques oiseaux. Rien d'immobile. Alors qu'Hélène B. traversait pour s'engager dans la rue qui la conduirait à la demeure de Robert Y., un garçonnet, à dix pas d'elle, la pointa du doigt et cria «Madame!». La jeune femme se retourna, vit qu'il était seul. Il l'avait remarquée pour une raison qu'elle ne pourrait jamais comprendre. Elle s'assura qu'il n'y avait personne de posté à sa fenêtre et, lui souriant, leva le devant de sa robe, laissa l'enfant regarder: il resta planté là quelques secondes, bras tendu, bouche entrouverte, pendant qu'Hélène B. se disait qu'elle n'avait jamais été si nue. On dit toujours ça. Tout à coup, comme si on venait de le gifler, l'enfant sursauta, cria «Madame!» une autre fois et s'enfuit à travers la pelouse. Hélène B. laissa retomber sa robe. Ce qui la distinguait des autres, et qui la distinguerait pour quelques jours encore, c'était la mort qui, tournoyant entre ses jambes sans pourtant la faire trébucher, lui accordait la plus parfaite immunité.

«J'avais décidé de déposer dans sa boîte aux lettres (en plein jour!) la première enveloppe qui est toute prête maintenant depuis lundi. Cinq photos choisies avec soin. Une petite note signée de mes initiales seulement. Dans une enveloppe qui ne porte aucune adresse de retour (les prochaines indiqueront peut-être le numéro d'une case postale). Au bas de la note, une citation d'Annie Le Brun: "... il n'y a aucun subterfuge: tout ce qui y est, est absolument là." Je ne suis nue, complètement nue, et je ne me manualise que sur une seule de ces photos. Qu'est-ce que je dis dans cette note? Des banalités dont je ne me souviens plus. La note n'est là d'ailleurs que pour banaliser l'envoi. La pornographie doit souvent se présenter ainsi. La surprise se révèle d'autant plus importante. La pornographie donne beaucoup trop pour qu'on l'alourdisse de prétextes ou de métaphores. La pornographie ne promet pas: elle donne, livre, exécute. La pornographie offre la vie heureuse, la terre solide sous nos pieds (la terre d'abord, le ciel ensuite), afin que l'on puisse aimer, manger, prier, manger, espérer d'une façon insensée que

tout se termine bien. Tout ce qui y est, est absolument là...

«*Ainsi que je l'avais espéré, Robert était sorti. Toutefois, à travers la vitre de la porte, je pouvais lire, épinglé au rideau de dentelle, un message:* "De retour vers 15 heures. – R." *S'il ne pouvait m'être destiné, à qui donc ce message l'était-il? À cette femme que je suis capable d'imaginer, mais incapable d'accepter? Je me refuse à croire qu'elle puisse exister, qu'elle puisse l'aimer... le sucer... Je jetai un coup d'œil par la fenêtre de sa salle de travail. La maison me sembla tout à coup si vide que je crus qu'il ne reviendrait plus jamais. Une maison hantée... Je me sentis défaillir. Je chancelais devant sa porte. Comme une idiote.*

«*... Lorsque mon cœur eut cessé de battre la chamade, je revins chez moi. Sur le chemin du retour, je chancelais encore. Comme quelqu'un qui vit une vraie peine d'amour... Mais, de toute manière, je n'avais plus rien à faire là: en quittant l'appartement, bien sûr, j'avais* "oublié" *l'enveloppe sur mon lit.*»

12

Hélène B. avait choisi ce fume-cigarette parce qu'il lui paraissait du plus mauvais goût. La jeune femme y planta une L&M, l'alluma et tira une longue bouffée. Elle essaya de souffler des ronds de fumée, mais n'y arriva qu'à moitié. Elle croisa les jambes.

Son appartement était celui qui lui était accordé le matin. On voyait *vraiment* entrer, par les fenêtres entrouvertes, supports solides pour la poussière, l'air et la lumière. L'air sentait frais et bon. L'air goûtait neuf, celui du matin, tôt, presque aussi rapide que la lumière. Des nuages très courts passaient devant le soleil. C'était comme si, dans ces alternances d'ombre et de lumière, l'air battait des mains. Hélène B., curieusement, ne pouvait croire qu'elle eût pu partager cet air avec quelqu'un d'autre. Un réel chasse l'autre.

La caméra ronronnait depuis quelques minutes déjà.

– Si j'en avais seulement le talent, commença la jeune femme, que pourrais-je dessiner de plus beau, de plus profondément *moral,* que deux enfants qui, mines lumineuses, se caressent et se sucent à tour de rôle? Garçons ou filles, garçon *et* fille, peu importe. Comment pourrais-je rendre la douceur angélique de leur peau? L'odeur à laquelle il manque peu, en effet (du sel, de la merde), pour qu'elle devienne soudain désagréable, mais qui demeure une odeur plus fine, plus animale que toutes celles qu'on a pu jusqu'à ce jour inventer? Comment pourrais-je illustrer leur surprise? Leur curiosité? La chair qui mûrit si vite qu'ils ont l'impression d'enfiler des vêtements neufs à chaque nouvelle respiration?... On prétend que les enfants, entre eux, ne songent qu'à toucher: leurs gestes ne débordent pas, ne peuvent jamais prendre une forme «finale», codée par la pratique adulte (caresse, fellatio, cunnilingus). Leurs gestes préféreraient plutôt demeurer au stade de la découverte et de l'indécision, des tentatives craintives et excitées. Seuls fonctionneraient, nerveux et naïfs, les doigts, toujours les doigts, et les yeux, et la tête. Ils se tâteraient à peine; ils en resteraient aux devinettes épidermiques: ils reculeraient sans cesse, repoussés par quelque mécanisme psychologique ou hormonal les préservant d'une trop hâtive connaissance d'eux-mêmes et des autres... Les enfants que je dessinerais voudraient tout, eux. Malgré leur «fraîcheur», leur «innocence», ils seraient capables d'articuler leurs gestes et de les diriger, de choisir leurs cibles et, sans peut-être arriver à tout nommer, d'en exprimer toutefois leur désir. Ils seraient beaux, ces enfants; beaux et humains...

Hélène B. rajusta son faux nez en plastique rouge.

– Qui aurait le droit de voir ces dessins? Les enfants? Leurs parents? Un nouveau type d'éducation sentimentale...

La jeune femme sourit. L'épais maquillage de scène la gênait pour parler, mais le sourire, lui, était peint à demeure sur son visage. Noir, blanc et rouge. Plaie à l'envers.

— Non pas du *kiddie porn,* fit-elle, mais du *porn for kiddies.*

Hélène B. rajusta le gros nez qui menaçait encore de tomber, rajusta aussi la fraise qu'elle portait autour du cou, agita les pieds — des postiches imitant de longues godasses déchirées d'où pointaient des orteils démesurés. Hélène la clown ne portait rien d'autre — une perruque, un faux nez, une fraise, des souliers déments —, mais elle s'était dessiné à même la peau d'énormes mamelons rouges et un triangle noir qui lui montait jusqu'au nombril.

— Remplaçons tous les personnages d'un roman pornographique (*La Philosophie dans le boudoir,* par exemple) par des enfants de douze ans et moins. Oublions les longs discours, car ils m'ont toujours ennuyée. Et n'allons pas «trop» loin: biffons du texte la violence qui survient à la fin... à la fin, on le sait, les personnages de Sade *ne savent plus parler* et ils doivent crier. Imaginons que ces enfants s'engagent dans tout le reste. Imaginons le ballet, plus gauche que celui décrit dans le texte original, mais tout aussi libre. On voit immédiatement, parce que la chambre se remplit de leurs rires, ce qui se cache de jeu derrière ces gestes qu'on pose et ces libertés qu'on prend. Ces enfants vivent, *en miniature,* tous les transports qu'ils désirent... Imaginons maintenant que ce soient des enfants qui lisent ce texte, le lisent et le savourent; imaginons aussi que, bandés lorsqu'ils le peuvent, frétillants d'impatience lorsqu'ils ne peuvent rien d'autre, ils s'en *inspirent.* Ils ont remplacé Tintin par Eugénie, Haddock par Dolmancé. Ils se faufilent les uns sous les autres; ils peuvent enfin lever la tête vers le sexe de leurs parents et le toucher. Maintenant, leur monde tremble toujours...

Quelqu'un approche la caméra d'Hélène B. Hélène B. se tait. La jeune femme suit l'objectif des yeux. Lorsque ce dernier se met à courir sur son ventre, elle écarte les jambes; lorsqu'il se fixe enfin sur sa vulve barbouillée par le maquillage noir, elle en écarte les lèvres et enfonce son pouce dans l'ouverture. Quelqu'un laisse tourner la caméra quelques secondes pendant qu'Hélène B. se manie, puis recule et remet la caméra à sa place. Hélène B. enlève son pouce, croise les jambes à nouveau et continue:

— Je ne veux pas qu'il y ait quoi que ce soit de sacré entre nous, déclare la jeune femme. C'est ce sacré qui nous fait nous taire. Voilà! Je te montre ces jolies fesses, toutes rondes, toutes dodues, léchées par un éclairage doux, léchées par les ombres. Ça va. On y voit de l'art. Maintenant, je te montre à nouveau ces mêmes fesses. La lumière les inonde peut-être un peu plus. Et ces fesses, une queue épaisse les écarte et les perce. On l'a enduite de lubrifiant afin de faciliter l'entrée. Ou, plus simplement, la partenaire (qui l'accueille en souriant) l'a, au préalable, léchée jusqu'à ce qu'elle en *luise*. On entend le bruit des chairs qui claquent, parce que cette photo-là, elle bouge; on entend le bruit des souffles emmêlés. On reconnaît l'odeur juste assez animale du cul (celle de tout cul, même le plus soigné) cette odeur qui *appelle* et *remercie*: merde, urine, sueur, cyprine... Ça va? Non. Ça ne va pas. On n'y voit que du péché: une violence insoutenable pour certains ou une indécence avilissante pour d'autres. Pourtant, la première photo n'était que la prémisse de la seconde. Mais cette seconde photo a arraché le sacré de l'image initiale; elle l'a jetée hors du train de la métaphore en marche. C'est un sacré (un sacré sans bon Dieu, j'imagine) qui recouvre le corps. Chaque époque donne sa mesure à ce sacré, l'élargit ou le rend plus étroit; mais il demeure que ce sacré fait office de maquillage aux corps auxquels, pourtant, presque tout est permis, à l'expresse condition que *rien* ne soit avoué ou que (si c'est malheureusement avoué) ça ne soit qu'insinué, gonflé d'euphémismes, escamoté. La censure ou l'érotisme. Les jumeaux pervers de cette fin de siècle. L'érotisme, c'est le corps glorifié, le corps qu'on craint (comme dans «crainte de Dieu»), où rien d'autre n'est donné que les élans, les sueurs signifiantes, les idées... membres perdus dans l'ombre ou voilés par la lumière. L'érotisme, ce sont des actes accomplis comme ponctuation d'un récit (avec ce récit, derrière, qui en justifie la présence et l'intensité, la profondeur et la véracité), accomplis en prévision d'autres actes, d'autres gestes et des événements dont le sens réside ailleurs. En pornographie, *les actes sont le récit*. Le ciel est dans l'acte. Tu suces ou tu lèches ou tu fourres ou tu encules et tu viens, et c'était là le seul but à atteindre, une fête profane, non pas à tout prix exclue de l'amour, mais pas à tout prix incluse dans celui-ci, à côté – attentive à l'amour, aux sentiments, d'accord, mais résolument frivole, mais aussi résolument consacrée aux «besoins» des chairs, aux exigences de l'imagination, à la banalité du plaisir, à ce qui se cache (pourtant si simple et si nécessaire) sous les épaisses couches de sacré dont on l'a recouvert. La pornographie, c'est l'éloge de la facilité. C'est ce qu'on voit de ses yeux vu. C'est le droit de ne plus vouloir dissimuler, substituer, raccourcir, retenir. C'est respirer. C'est la terre plate qui nous contient tous et toutes à l'intérieur de ses frontières. C'est l'évidence. C'est le soleil, rond et chaud, qui tourne autour de la terre.

13

29 juin, 11 h 10 — *«Je suis hors de moi. Et au chaud à
l'intérieur. À la fois ici et là. Ainsi que je le serai bientôt.
Transparente et confuse. Forte et fragile. Comme remplie, bourrée d'oiseaux. Comme si j'avais été, voilà
longtemps, conçue à l'aide de fumée (qu'on avait, Dieu
sait par quels procédés, réussi à faire tenir ça ensemble,
contenant et contenu) mais que bientôt (parce que le vent
s'est levé, parce que le temps fuit) ça allait lâcher, ça
allait rendre, s'effilocher... Un corps, ça ne tient jamais
longtemps: lorsqu'il ne bouge pas, l'air et la lumière (les
pensées des autres) passent au travers; lorsqu'il dort, il
n'en reste rien (votre compagnon, votre compagne vous
le confirmeront, j'en suis sûre).*

*«Oui... Je suis ainsi faite de fumée. De fumée et d'eau.
Ma propre cosmogonie. L'eau flotte au centre de la
fumée. L'eau, c'est ce que je pense; la fumée, ce que je
suis. Mon âme, c'est cette bille de plomb dans ma tête, ce
lest qui me garde sur terre. Tout peut pénétrer en moi. Je
n'ose respirer. À quoi ressemble la douleur là-dedans?
Elle fait fondre le plomb; elle fait bouillir cette eau; elle
éparpille la fumée; elle est moi. La douleur nue, c'est
lorsque je suis nue.»*

Plus tard. — «*À deux endroits à la fois. Comment se désincarner avec succès? Être partout à la fois. Il ne faut surtout pas que je m'éveille. Pas tout à fait. Je suis en moi – je le vois. Je suis celle qui connaît très bien la prisonnière...*

«*...Il n'y a plus aucune habitude qui tienne. Il n'y a plus aucune raison d'espérer qu'un bonheur survienne, plus aucune raison de craindre le pire.*

«*...N'oublie pas: personne ne te léchera plus jamais.*

«*...N'oublie surtout pas ça: personne ne te dira plus jamais, et ne pourra plus jamais te prouver, que tu es la plus belle entre toutes.*»

□

Plus tard. — «*À deux endroits à la fois. Je ne sais pas. Je me tiens en photo (je suis partout en photo autour de moi) et* ça *fait rêver. Comment puis-je encore rêver?... Je ne suis nulle part, suspendue au-dessus de mon lit comme une future exorcisée... Et qu'est-ce que je fais dans cette photo-ci? Je me masturbe. Avec violence. Comme lorsqu'on sait qu'on va bientôt quitter quelqu'un. Malgré la sensibilité de la pellicule, ma main gauche dessine un éventail flou sur mon sexe. Et puis je me plante un vibrateur dans le cul. Je cours après la fin du monde...*

«*Je ne me souviens plus de quoi que ce soit. Quand donc ai-je pris cette photo? Je ne me souviens plus si c'était de la frime (on a parfois le droit de feindre lorsque ce qu'on déclare est vrai) ou si je jouissais. À voir mes yeux, le blanc de mes yeux qui s'ouvre...*

«À deux endroits à la fois. *Et moi qui n'ai jamais pu croire à l'image que je projetais dans la glace dès que je n'y apparaissais plus seule! Quel que fût la ou le partenaire. Quelle que fût la douceur des gestes et des intentions. Impossible de croire au cinéma-vérité. Qui est cette sotte qui se laisse enculer? Qu'est-ce que ce sourire de bonheur ou de surprise heureuse? Quelqu'un qui croyait trouver un complice mais qui ne découvre que des mouvements et des allures...*

«*J'ai l'air si vraie dans cette photo; est-ce ainsi que je paraîtrai aux autres après ma mort?*»

□

Plus tard. Pour continuer à déjouer la douleur. Exposé magistral. — «*Il existe deux familles de photographies pornographiques. Ces familles s'étendent peut-être à tout ce qui est* représenté, *mais limitons-nous à ce seul* genre.

«*Il existe des photographies où la spectatrice et le spectateur sont placés en position de voyeurs.*

«*Il existe des photographies où les femmes et les hommes qui y figurent sont placés dans des rôles d'exhibitionnistes.*

«*Dans les premières images, les acteurs vaquent à leurs plaisirs, inconscients, livrés à leurs corps tordus. Leurs regards ne croisent jamais les nôtres, si ce n'est que pour traduire l'étonnement, une surprise pudique. Ils sont enfermés dans leurs boudoirs, mais leurs boudoirs nous sont grands ouverts. Boudoirs, cabinets de travail, le gymnase où on les surprend, la salle de cours, la salle de bains, le banc de parc. Nous les épions; on dit (en légende) qu'ils ne se doutent de rien; leurs gestes sont ceux qu'ils posent maintenant, devant nous, et ceux qu'on imagine qu'ils poseront bientôt.*

«Dans le second groupe d'images, les acteurs cherchent notre regard. Ils le tiennent. Ils se dévoilent, cul et tête; ils entreprennent leur exercice de séduction en nous donnant tout. Ils parlent, sourient, nous invitent, nous guident. Ils débordent de leurs personnages (enseignante, avocat, athlète, nonne, livreur, élève), et leurs gestes précèdent tous nos désirs.

«Dans les premières photographies, c'est l'imagination du voyeur qui règne; dans les secondes, celle des acteurs l'emporte.

«Dans les premières, le voyeur visite un monde clos; dans les secondes, ce sont les acteurs qui tendent les bras vers nous, qui prennent appui les uns sur les autres et se hissent, anhélants mais heureux, hors de leurs photos...

«Où suis-je donc? À deux endroits à la fois. Voyeuse et actrice. Dans certaines de ces photos, je me laisse sur-prendre; ailleurs, je montre tout, je donne tout, tout ce que je signe est amour.

«Je suis partout à la fois. Je pénètre dans ces photos et j'en sors; je m'y jette, je m'y retrouve, j'en suis expulsée. Rapidement. Sans cesse. Plusieurs fois par seconde. D'un monde à un autre. Comme une nouvelle particule dont la science a encore à découvrir l'existence, pour laquelle elle a encore à trouver un nom, à ménager une place quelconque dans les grandes équations qui gèrent et qui expliquent maintenant la réalité.

«... Partout à la fois. Vite! Dans la vie, dans les ima-ges de la vie. Vite! À jamais! Hors de moi... Nue, dans mes propres bras... *Ici et* là... *Sans vie propre, sans vie.»*

14

Hommes nus, femmes nues – des jeunes filles et des fillettes (ainsi qu'on en rencontre sur les plages, blondes ou brunes, et qui sont, les unes, fières de leurs seins bourgeonnants, les autres, de tout ce qu'on peut épier à travers leurs maillots et leurs tuniques) – nues elles aussi, ces jeunes filles et ces fillettes – nus aussi ces garçons qui couraient en tous sens (de ces garçons qu'on distingue à peine des filles: peau impeccable, fesses rondes, gestes légers)... Hélène B. rêva cet après-midi-là que l'appartement était rempli d'une foule d'êtres dévêtus et disponibles. Les visages demeuraient inconnus – ou plutôt, comme à l'habitude, ils semblaient issus de la condensation, composés de traits empruntés, à gauche et à droite, à des souvenirs plus ou moins lointains. Ces personnages circulaient dans l'appartement, dans ce silence touffu qui est celui des rêves, mais que, le cas échéant, on n'identifie jamais comme tel: un silence qui se traduit par des histoires qu'on comprend immédiatement, passé et présent confondus. Ils étaient là depuis toujours, ou à la suite d'une série d'événements ou de prétextes qui semblaient, à Hélène B., en rêve, parfaitement valables. Une fête. Une énorme aventure. Une permission enfin accordée par la réalité. «Nous sommes tous de petits outrages à la réalité», se dit-elle. Mais tous et toutes, ces gens respiraient la santé. Ils s'enfilaient tous et toutes. *Des figures, des groupes, des postures, des arrangements, des spectacles, des tableaux.* Les uns dans les autres. À l'aide des organes nécessaires ou des objets qu'il faut. Puis ils brillaient, tous et toutes, d'une lumière qui semblait provenir de l'intérieur de leur poitrine. Longtemps – qui peut dire combien de temps? – Hélène B. ne fut qu'un témoin se déplaçant très vite, observant chacune des scènes avec une égale attention, sans passion. Certains de ces hommes, certaines de ces femmes aussi – les identités se chevauchaient dans les faits comme dans les images –, Hélène B. aurait pu jurer qu'elle les avait aimés un jour, ou aperçus du coin de l'œil juste avant qu'ils ne disparaissent... Peu à peu, Hélène B. prit part au cortège: pénis bien solides, bien tendus, parmi lesquels elle pouvait choisir à sa guise celui qui lui plaisait et se l'introduire jusqu'à ce qu'il s'évanouisse totalement en elle – poitrines dont elle comparait à la sienne le volume, le diamètre, le moelleux – sexes humides aux saveurs de sel, de lait et d'urine... Un homme se détacha d'un groupe qu'elle n'avait pas encore visité. Il s'avança vers elle, bas-ventre armé d'un panache de verges. L'homme avançait et son panache se balançait à chaque pas; de plusieurs de ces branches, tumescentes ou détumescentes, de plusieurs de ces glands brillants pendaient des filets de sperme; chaque pas, chaque balancement du panache les entremêlaient: lorsque parfois l'une des verges dégorgeait, de larges gouttes se retrouvaient prisonnières de cette toile d'araignée tissée entre les membres du bouquet. L'homme approchait, mais une jeune fille, sortie bien sûr de nulle part, s'interposa entre Hélène B. et lui.

— Est-ce que je te connais? lui demanda la jeune fille.

— Est-ce que je te connais? répéta Hélène B. d'une voix qu'elle ne se reconnaissait pas.

La jeune fille, mains sur les genoux, se pencha vers elle. L'homme, derrière la jeune fille, tel un serrurier vérifiant dans une serrure l'efficacité de chacune de ses clefs, introduisit, dans le petit cul qui lui était ainsi confié, les unes après les autres, les branches de son panache.

Sa besogne terminée, l'homme recula d'un pas. Aussitôt, la jeune fille se releva: blonde, superbe, toute en sourires, le torse fier, de si jolis seins qu'Hélène B. en sentit malgré elle une profonde tristesse. *Elle ne va pas rester.* De si jolis seins qu'on eût dit qu'ils frémissaient et qu'ils pouvaient, à chaque respiration, s'envoler. Le ventre tendu, le ventre rond, adolescent, si lisse et si transparent qu'on eût dit que tous ces hommes et toutes ces femmes ici l'avaient, depuis des heures, léché avec tendresse et avec soin.

— *Seringue,* déclara la jeune fille en pouffant de rire.

Cette jeune fille, Hélène B. l'aurait rencontrée sur la plage d'Ogunquit. Sourire curieux, petits pas dans le sable brûlant, fesses serrées par des muscles solides, peau à peine dorée. Hélène B. l'aurait rencontrée sur la plage d'Ogunquit et elle aurait certainement eu peur.

— *Seringue,* fit à nouveau la jeune fille.

— Amour! Amour! hurla l'homme au panache en disparaissant, comme si tout à coup une trappe s'était ouverte sous lui.

Ce fut le claquement bref de la trappe qui éveilla Hélène B., le claquement de la trappe qui s'ouvrait, puis le bruit sourd d'un corps qui s'écrasait, quelques mètres plus bas.

15

Hélène B. rêva, cet après-midi-là, qu'elle n'était pas tout à fait une femme ou tout à fait un homme. L'hybride qu'elle était devenue au sortir de réflexions agitées attendait son tour à la banque. Toutes les femmes belles qui attendaient aussi leur tour se dévêtaient alors et lui accordaient des faveurs ahurissantes. (Afin que tout soit parfait et moral, afin qu'aucune culpabilité ne vienne ternir la scène a posteriori, tout se passait dans son rêve avec un certain humour, d'une manière «naturelle», «culturelle», dans la grande bonté de la chair.)

... Dans le hall clair d'une grande banque; la ville souffle et bat dehors; une autre façon de dire que le jour demeure, dur et complet. Plafonds anciens, en ogive (des voûtes plutôt?), vers lesquels les sons (électroniques pour la plupart) montent se mêler à l'air qui y est emprisonné et retombent, chargés, enveloppés, comme s'ils allaient cueillir là-haut les bribes d'un passé qui pouvait proposer un sens plus rassurant à ce qui se passe plus bas... Sol de travertin qui glacera tantôt les pieds lorsqu'on les y posera nus... Du chrome, du bois, du verre, la géométrie du nouveau monde des affaires rencontre celle de l'ancien monde des affaires dans ce lieu qu'on ne modernise qu'à petits coups... Hélène B. se retire, car la mise en scène – elle le devine – va bientôt commencer... Les sonneries des téléphones, des trilles plutôt que des sonneries, se tairont peu à peu. Sans qu'on n'ait à verrouiller les portes ou à monter une garde quelconque, plus personne ne pourra ou ne voudra entrer. Hélène B. se rappelle – il y a un homme qui veille en elle – que ce ne sont que des femmes qu'on a invitées. On tolère encore la présence des hommes, mais ils devront se replier dans un coin, loin des regards; ils pourront, en silence, continuer s'ils le veulent leur commerce... Les femmes attendent leur tour à la caisse. Dans un fauteuil de cuir fauve auquel on a fixé un large cendrier rempli de sable et de cendre, Hélène B. regarde ces femmes une à une: les visages changent, les corps se transforment jusqu'à ce que s'ajustent sur les personnages les traits et les allures nécessaires à la fête. Hélène B. regarde entre ses jambes et découvre son pénis gorgé: un membre énorme, tordu, gainé de veines comme dans une gravure japonaise... Les femmes abandonnent alors leurs vêtements de bonne grâce. Pour certaines d'ailleurs, chaque article de vêtement qui tombe s'accompagne de rires complices. Comme si cela faisait partie d'un joyeux rituel qu'elles auraient elles-mêmes initié. Celles-ci bavardent; celles-là commentent l'élégance ou le vice d'un geste particulier; elles se mesurent à leurs voisines. D'autres, sans qu'aucune expression ne traverse leur visage de tous les jours, se livrent tout bonnement à leurs compagnes. Elles laissent à ces mains plus savantes et plus rapides le soin de dégrafer, de déboutonner, de froisser, de faire glisser. Puis, comme si quelque parole anodine, hors contexte, ou un bruit, ou une seconde d'inattention de la part d'Hélène B. sortait ces femmes tout à coup du jeu, elles s'arrêtent, nues, blanches, grelottantes; elles tassent du pied leurs vêtements, tournent la tête à gauche, à droite, cherchent distraitement la ou le responsable de leur licence. Le rêve se divise, se rassemble, se condense, et il y a là huit femmes. Huit femmes et une fillette. Chaque femme est inimitable…

Une jeune mère, accompagnée de sa petite fille. Au geste qu'Hélène B. esquissa, incertaine du sens qu'elle avait voulu y mettre, la mère accepta immédiatement qu'elle les encule tour à tour. Sa fille avait, vue de dos, une vulve de mercure; la mère sentait la vanille et la cannelle. Toutes les deux riaient doucement en voyant Hélène B. pomper.

Pendant ce temps, deux adolescentes aux visages interchangeables se relayaient pour la sucer, la masturber, recueillir dans leurs mains sa semence. Parfois, c'était de la semence; parfois, c'était autre chose. Hélène B. éjaculait souvent, fort et bien, comme dans les films, mais elle n'arrivait pourtant pas à s'en étonner. Les adolescentes se révélaient nécessaires: corps souples comme des lianes, le babil, les fous rires.

Mais il fallait aussi aller vers une autre immédiatement. Il y avait donc cette femme, dans la cinquantaine, les cuisses et le ventre blancs, le poil soyeux, les mamelons longs de deux pouces. Une jeune caissière, apparue après coup dans le rôle de la domestique, lui écartait les fesses et la léchait; Hélène B. se massait les seins. La jeune caissière ne s'était pas dévêtue complètement pour l'occasion: elle avait gardé soutien-gorge et

90

slip coordonnés, bas-cuissardes perle et escarpins en cuir gris. Si on se plaçait derrière elle – puisqu'elle tendait le cul en rendant service –, on voyait, à travers la fourche de sa culotte trempée, l'empreinte et les ombres d'un sexe grand ouvert.

La femme dans la cinquantaine, mais aussi les adolescentes, la jeune mère, deux secrétaires, répétaient les mêmes paroles (accords, permissions, suggestions). Hélène B., soudain, se retrouvait devant ou derrière l'une d'entre elles à se permettre des gestes qui, souvent, demeuraient inachevés (la partenaire ou le projet changeaient trop brusquement). Mais si Hélène B. les achevait, ces gestes, c'était à travers un tourbillon d'ellipses qu'elle le faisait. Les mots se superposaient: «Jouis-moi! – J'ai deux autres enfants juteux. – Regarde comment ta langue pourrait me promener. – Imaginons qu'il y a d'autres jeunes caissières...»

Puis il y avait deux secrétaires, le cul merveilleux, rouge, altéré, qui prenaient place comme sur une scène, qui prenaient la liberté d'accepter tous les rôles. Hélène B., qui avait perdu son pénis, mais chaussé un effroyable engin, sautait de l'une à l'autre, dégainant, rengainant à un rythme effréné. Hélène B. ne parlait jamais; elle pensait, certaines choses se produisaient, mais aucune parole ne passait ses lèvres; la jeune femme était muette, mais ses gestes suffisaient à tout organiser, à tout défaire.

Puis, sous les lumens, sous la lumière de soie et de métal, parce qu'il faut tout voir et qu'on ne pourrait tout écrire, il y avait enfin une femme d'affaires, seule maintenant avec Hélène B. dans un décor rapetissé, une femme ni jeune ni mûre, dont les jus étaient bons au goût, frais, différents. La femme posait des gestes d'une douceur incroyable lorsqu'elle se repliait sur Hélène B. D'une voix qui semblait portée par le vent, la femme d'affaires lui parlait d'avenir.

Elle parlait des rêves en affirmant que: «Les rêves ne peuvent pas être interprétés par qui que ce soit.»

Elle parlait aussi de la liberté en répétant qu'elle s'expliquait par: «Je fais tout, on me donne tout.»

Hélène B. s'éveilla soudain en répétant, à voix haute, ces mots: «Prenez et jugez, car ceci est mon sens.»

16

La caméra pénètre sans trembler et glisse dans l'appartement, comme un souffle. Mais dans cet appartement petit, étroit, on ne rencontre que des obstacles. On doit faire demi-tour, se pencher, frôler les murs. La caméra s'arrête souvent; il le faut; le zoom tire sur les murs, sur le fatras, fouille. Du papier, beaucoup de papier, des appareils – des vêtements éparpillés, comme s'il y avait eu, tout récemment, une effroyable séance d'essayage, une effroyable série de choix et d'échecs – des boîtes ouvertes, d'autres scellées – des enveloppes, certaines qui sont vides, d'autres qui semblent gonflées de trésors –, le tout empilé, abandonné ou rangé dans l'espace disponible. La caméra exécute un lent panoramique de gauche à droite – si fin qu'on le sent à peine, si lent qu'on voit à peine se déplacer les monceaux d'objets divers et d'objets cachés qui transforment l'appartement de décor à paysage. De gauche à droite: la cuisine minuscule au fond, puis la chambre, puis le séjour. Le silence étonne. Ou afflige. Peut-on facilement respirer ici? De la table de la cuisine, une vingtaine d'enveloppes numérotées, toutes de format identique, ont croulé sur le sol parsemé de bouts de papier, de boîtes de conserve vides, de moutons que l'air remue de temps à autre... Il n'y a plus de place sur le sofa du séjour; les murs du séjour sont couverts de photos; sous les photos, on devine des mots écrits au marqueur; des graffiti obscènes?... Quelqu'un dort dans ce lit aux draps tachés. Une jeune femme qui s'est abandonnée au sommeil. Position fœtale, nue, oreiller rabattu sur la tête. À intervalles irréguliers, ses ronflements laborieux. Croyant pouvoir s'attarder avec profit sur sa nudité, la caméra s'approche. Mais il y a beaucoup trop d'ombres. Avec un peu de chance, on aurait pu les voir roussir, ces ombres, les voir juter et béer. Mais, en s'endormant, la jeune femme a coincé ses mains entre ses cuisses et elle cache tout.

17

30 juin, 11 h 35 — *«La pornographie rend l'air plus
doux, la nuit plus noire, l'eau plus fraîche, le temps plus
vrai. La pornographie rend l'un "avaleur de corps", rend
l'autre plus rapide et plus simple. La pornographie nous
rend semblable à nos corps. Elle fait prier, parce que le
corps veut prier. Ou ne pas prier, parce que le corps ne
veut pas prier. Lumière claire, mains fortes. Le commencement, la fin. Dans la pornographie, le commencement et la fin sont l'œuvre des mêmes personnes. Le feu
qui brûle sait très bien qu'il brûle. Ces êtres qui prient
ou qui ne prient pas, cherchent ce qu'ils aiment et
n'aiment pas. Le commencement, la connaissance, la fin.
La pornographie rend le jour plus bleu, plus jaune, la
nuit plus précieuse, l'eau aussi parfaite que possible:
bonne à boire, bonne à y plonger, juste assez dense pour
qu'on puisse s'y mesurer, nus et bruyants, à la vie. On ne
nage pas, on pense; on ne pense pas, on se délivre. On
regarde un corps comme s'il était le commencement ou
la fin, la chair en chapelets, la chair succulente, l'intelligence au service de tout. Le corps par ses mouvements,
le corps par ses états, le corps par sa tendresse et sa
complicité qui lui vont si bien. Il y a de la confusion (j'en*

suis et j'y reste!), il y a de la profusion; on aime, on lutte,
on se délecte, on oublie. La pornographie raconte tout:
on peut tout *oublier. J'oublie tout.»*

□

1er juillet, 1 h 20 — *«La pornographie: un art de vivre.*
La pornographie veut faire reculer l'échéance de la
mort... Pourquoi ne pourrait-on pas calquer une partie
de sa vie sur la pornographie, quand celle-ci est déjà un
calque d'une partie de nos rêves?... La pornographie,
c'est une école, un luxe. C'est l'amour de la réalité: la
censure se révèle le seul vêtement véritablement indé-
cent...
    «Dans la pornographie, on voit évoluer des magicien-
nes et des magiciens que le rêve n'arrête pas. Pour toi, je
veux être une magicienne que le temps n'arrête pas.»

□

1er juillet, 2 h 35 — *«Je sais, je sais: il ne reste presque*
plus de temps. Chaque jour qui passe ramène le jour qui
a précédé, avec quelques détails en moins. Au réveil:
redécouvrir, s'approprier à nouveau un certain nombre
d'habiletés, d'habitudes, d'idées disparues durant la nuit
(la nuit a basculé dans le jour: chère petite vampire à
l'envers, chère petite victime, je ne dispose que de quel-
ques heures pour me "refaire une beauté", m'approvi-
sionner en pellicule, en papier, en bouffe-minute, en
air). Au réveil: une marque sur le calendrier afin de ne
surtout pas oublier. Chaque jour, au réveil, la chimie

puis, dès que la chimie accepte d'opérer: une marque plus claire, plus explicite, afin de ne pas me méprendre, le temps venu, sur le sens de mes intentions. Puis de nouveaux efforts. Puis mon projet: corriger, peaufiner, trouver une manière de l'étendre, dans le temps et dans l'espace. Le temps me manque, mais le temps n'est pas encore venu. Demain... À moi-même: "Préparez une longue série sur la majesté du cul; n'oubliez surtout pas de le couronner." Ensuite, classer. Donner des titres à chaque série et expédier selon l'ordre alphabétique?

«Demain...»

18

On ne peut montrer son corps sans se répéter. On ne peut donner son corps sans le répéter.

«*La pornographie,* écrivit quelque part Hélène B., *lorsqu'on la pratique, permet de greffer à son corps les corps des autres, à sa vie, les vies des autres, "vies rêvées" sur sa "vie montée" comme une pièce montée.*»

La jeune femme avait donc dû s'inventer des souvenirs de jeunesse: parents absents ou aveugles, hasards, pouvoirs presque magiques sur ses proches, rencontres lumineuses ou impossibles – une réalité – acteurs, événements – étonnante par sa malléabilité.

À ces souvenirs-là, Hélène B. décida qu'il lui fallait maintenant un autre support. Chaque support précédent – photo, vidéo, parole – lui semblait posséder sa propre rhétorique, sa propre charge sexuelle. Chaque support avait son début et sa fin. Elle ne savait plus comment en dire davantage de ces manières-là.

Hélène B. découvrit dans un placard de longues bandes de papier de riz (reliefs de sa très brève «époque orientale»), des pinceaux, des plumes minces, de l'encre de Chine. Elle songea à illustrer, de sa main, le petit mot «désir». Mais, après quelques tentatives («*Si j'en avais seulement le talent...»),* la jeune femme abandonna ces illustrations qui lui semblaient trop naïves (pénis énormes pénétrant d'une manière impossible dans des vagins simplistes; poitrines et culs plaqués sur des corps sans vraisemblance). Hélène B. déchira les dessins, puis, sans trop savoir pourquoi, les brûla dans l'évier. Pour voir les corps ourler? Au fond de l'évier, détrempées par l'eau qui, goutte à goutte, tombait sur elles du robinet défectueux, il n'y avait plus que des surfaces cassantes, grasses, où rien n'apparaissait plus qu'en silhouettes. Hélène B. y vit une nouvelle métaphore du désir, plus claire que ne l'avaient paru les dessins, mais la jeune femme ne put malheureusement se l'expliquer.

«Le propre du désir est de faire croire à une volonté d'excès. À une propension pour l'excès. À une possibilité de ne pas en voir la fin. Puis, à bout de souffle, le désir naît, il surgit, il prend forme avec ses propres limites. Lorsqu'il naît (c'est-à-dire lorsqu'on fond sur son objet), le désir a déjà changé. S'il ne s'agissait alors pas de désir, mais d'un mot plus fort que "désir"?»

Hélène B. se pencha sur le bord de l'évier; elle avait oublié ce qui l'avait amenée là. Il lui poussait dans le ventre – seule chose dont elle fût certaine – un membre très long et très fragile – *proboscis femininum* – qui s'étirait dans le temps et dans l'espace vers un homme qui ne la connaissait pas. Hélène B. attrapa une cigarette (on découvrait des paquets entamés partout dans l'appartement) et s'alluma. La fumée, opérant sur ses neurones son double travail paradoxal de calmant et d'excitant, lui rappela la plage d'Ogunquit, un soir que la lune était pleine et collait, immense, à l'horizon. *(«Le diamètre*

apparent de la lune, peu importe sa position dans le ciel,
ne change jamais: simple illusion d'optique (sa proximité
à des objets dont nous connaissons la taille et que nous
savons donc beaucoup plus petits qu'elle) qui nous fait
voir la lune plus grasse à certains moments qu'à d'au-
tres.») Pendant un bref instant, il s'en était fallu de peu
qu'Hélène B. se dévête complètement, plonge dans l'eau
jusqu'à la taille et continue comme si de rien n'était sa
promenade, longeant sous les coups brefs des vagues
glaciales la plage que ne parcouraient plus que quelques
touristes attardés et des *locals* blasés. Qui aurait aperçu
son corps blanc? Qu'en aurait-on fait? Hélène B. laissa
tomber sa cigarette dans l'évier, sur le tas de cendres
froides où elle s'éteignit aussitôt en soupirant.

«*On ne peut donner son corps sans le répéter. Le désir*
sans objet. Grand comme le monde, criard. Ou un cordon
qui pousse loin à partir du ventre. Pourtant, le ventre ne
sert pas au désir. Suis-je un défaut du désir?»

Il ne restait qu'à ajouter. Hélène B. songea à des bandes interminables, recouvertes de mots tassés, rendant
peut-être l'idée du désir criard: vouloir tout donner, tout
posséder. La jeune femme ne s'en sentait toutefois plus la
force: il lui aurait fallu avoir la patience des listes, des
énumérations, des programmes. Elle scotcha bout à bout
les quatre feuilles de papier de riz qui demeuraient. Petit
programme seulement... Rajouter? Qui sait si ce qui
n'avait pas encore été dit ne devait pas de toute manière
rester caché? Hélène B. songea qu'elle pouvait aussi s'inventer par écrit une vraie belle vie:

Liste de choses à faire seule avec son cul
(aidée d'exemples)
a) On glisse un doigt mouillé dans la raie, très lentement.
C'était la petite voisine qui m'avait surprise, couchée au soleil dans ma chaise longue. J'avais seize ans, ou dix-sept. J'étais *morose*. De plus en plus adolescente, de plus en plus morose. Je n'allais nulle part, je ne voulais rien dire, ni parler à qui que ce soit. Je n'avais rien à dire... Mon frère passait ses vacances dans un camp d'été et mes parents disparaissaient continuellement, m'abandonnant la maison. Je m'installais alors seule dans la cour à lire des heures durant, à tourner sur ma chaise longue comme un poulet sur une broche. Notre maison, quoiqu'elle fût construite dans un quartier assez populeux, était entourée d'arbres massifs, des chênes je crois, qui l'isolaient. J'avais découvert un coin d'où, me semblait-il, personne ne pouvait me voir: en plein soleil comme sur une plage, mais totalement cachée des yeux des voisins. Je me permettais alors d'enlever le soutien-gorge de mon bikini, même lorsque j'étais étendue sur le dos. Seins dressés vers le ciel. Je m'enduisais d'huile, me massant longuement la poitrine, goûtant à cette liberté qui ne m'était habituellement accordée nulle part ailleurs que dans ma chambre, la nuit, à l'insu de tous. Je regardais mes seins briller, je les regardais se couvrir lentement de sueur... Je ne rêvais à personne... Ce jour-là, alors que j'étais revenue sur le ventre, je décidai d'enlever à son tour la culotte de mon bikini. Déjà trop endormie pour me relever, je me tortillai sur ma chaise, cul dans les airs, jusqu'à ce que le slip ait glissé jusqu'à mes chevilles. Je le fis voler au loin. Voici donc ce que signifiait «être

toute nue». L'air me prenait de partout. J'étais sans défense mais, pourtant, toute puissante. Je tournais le dos au monde, seule dans mon monde; et ce dos était nu: le dos, les cuisses, le cul. J'avais le cul rond et parfait, encore plus rond et plus parfait dans cette position. Je savais que j'avais le cul parfaitement blanc. Je savais aussi qu'il eût fallu, afin d'éviter la brûlure, que je le couvre de crème. Mais je dormais presque. Un effort trop grand. Mon magazine était tombé au sol et le vent, un vent si léger, discret comme le souffle de quelqu'un qui dort, en faisait tout juste trembler les pages. Le vent glissait entre mes cheveux, doucement, presque imperceptiblement. Il glissait sur mes bras étendus derrière moi, tirant sur la sueur, faisant glisser la chaleur du soleil comme s'il se fût agi d'un liquide, d'un sirop. J'écartai un peu les jambes. La sueur coulait sur mes flancs, entre mes cuisses, comme de tout petits animaux indécents. Sans ouvrir les yeux, sans me retourner, je plaçai mes mains à plat sur mes fesses et les écartai. Ainsi, je m'offrais davantage (mais à personne, bien sûr), j'étais encore plus nue. Je sentis presque aussitôt un chatouillement. Une petite douceur. Plus douce que le vent. Une pression, une tendresse, quelque chose d'ouaté qui se déposait sur le bord de mon trou du cul. Un souffle, une pointe de chaleur. J'ouvris enfin les yeux. Je tournai la tête. La petite fille des voisins se releva. Sa langue pointait encore entre ses lèvres, comme celle d'un chat dont on interrompt la toilette. Elle me guettait depuis plus d'une heure. Lorsque j'avais enlevé ma culotte, elle s'était approchée. Elle s'était déshabillée à son tour. Elle avait dix ans. Elle brillait au soleil comme un fruit. Elle tenait sa vulve cachée dans sa main. Lorsque j'avais écarté les fesses, la petite s'était invitée. J'écartai les fesses à nouveau; elle s'invita à nouveau, se penchant sur moi et me dardant sa petite langue dans l'anus. Je ne pus supporter très longtemps sa caresse: j'allais perdre le souffle à jamais! Je me tournai sur le dos. Je la fis passer derrière ma tête. Je lui demandai de m'enjamber. Elle m'enjamba. Je me mis aussitôt à la brouter.

b) *On glisse un doigt mouillé dans la raie, on l'enfonce dans le trou du cul; on peut n'en enfoncer qu'un; si on en enfonce deux, c'est un bouquet.* Patrick avait ramené à la maison trois de ses copains de classe, garçons trop minces, trop nerveux, aussi dégingandés que l'était alors mon frère, des êtres pâles dont la voix montait et descendait selon qu'ils se savaient entre eux ou qu'ils se découvraient un auditoire... Nous nous étions entendus: puisque Patrick en avait déjà séduit un premier (un rien séduit un garçon à cet âge, l'amènera à poser des gestes qui plus tard l'horrifieront), il essaierait de séduire les deux autres ou de les amener à se troubler l'un l'autre; il devait, si possible, les assembler dans un tableau de pensionnat: baisers, touchers, désordres; à un signal quelconque, j'entrais soudain, je les surprenais, je les punissais... À signal donné, j'entrai: ils étaient à moitié nus; ils présentaient des érections trop enthousiastes et des visages ahuris. Je décidai de les punir sur-le-champ: je leur offrirais leur première femme. Ils étaient minces, leurs pénis; longs (plus longs que celui de Patrick) et d'une propreté douteuse. Je me retournai, relevai ma jupe et leur tendit le cul. Ils n'avaient que treize ou quatorze ans;

j'en avais dix-sept ou dix-huit; le cul que je tendis leur sembla assurément énorme, inespéré. Je leur déclarai qu'ils devaient m'enfiler à tour de rôle. J'assignai à chacun un numéro. *Numéro un* s'installait devant moi; je le suçais; il allait ensuite se placer derrière moi et m'enculait; *Numéro deux* prenait la place du premier dans ma bouche puis, quelques instants plus tard, dans mon cul; *Numéro trois* imitait ses compagnons presque aussitôt pendant que *Numéro un* revenait se présenter sous mon nez. La ronde reprenait. C'était comme s'ils dansaient autour de moi. J'accélérai le rythme. Je fermai les yeux: une queue dans mon cul – aussitôt entrée, aussitôt retirée. Je n'ouvrais les yeux que lorsqu'une queue se posait, toute fraîche et toute brûlante à la fois, sur mes lèvres. Avec une cuillerée de mes odeurs accrochée à son bout. Ils m'embrassaient avec leur queue. Est-ce que des lèvres peuvent être plus douces que le gland d'un pénis quand il a trempé dans l'eau bénite?... Ils tournaient autour de moi. Plus vite encore et c'eut été un manège. Plus vite encore et les trois garçons se fussent fondus les uns dans les autres jusqu'à ne plus former qu'un large anneau de chair rose autour de moi... Patrick, pendant ce temps, devait tout observer, comme s'il allait un jour avoir à narrer la chose. Il se masturbait sans se hâter. Mais, parfois, il n'observait plus: il se couchait sous moi, dégageait mes seins du corsage de ma robe et les suçait. Parfois, il attrapait au vol l'un de ses camarades et lui lavait la queue avec sa langue... À la fin, seul *Numéro un,* le plus vieux des trois, parvint à éjaculer en moi: les deux autres baignèrent dans son sperme, penauds et troublés, jusqu'à ce que je les eusse libérés.

c) Une plume, une bougie, des pommades, du miel, l'âme.
Nous étions mises comme pour un banquet. Tissus légers qui flottaient sur nous, voiles, gazes, dentelles, et un maquillage si discret qu'il semblait, chez D. surtout, naître sous la peau.

D., la femme qui venait alors compléter ce que j'étais et ce que j'avais toujours voulu devenir, avait passé la matinée dans son bain. Elle possédait une douzaine de parfums qu'elle avait «goûtés» les uns après les autres jusqu'à ce qu'elle eut trouvé celui qui voulait tout dire. D. était «belle à peindre», royale, fragile. Ses gestes offraient au spectateur une grâce qui frôlait le théâtre et l'obsession.

Nous ne nous touchions pas. À part un bref baiser donné et reçu du bout des lèvres lorsqu'elle était entrée chez moi, nous évitions tout contact, tout frôlement. Nous nous suivions à travers l'appartement que je venais de repeindre et de redécorer; nous laissions nos regards traîner, se croiser; assises l'une en face de l'autre, nous croisions les jambes afin de créer chacune des ombres et permettre à l'autre de les fouiller ou de les chasser du regard. Parfois, je laissais tomber le haut de ma robe et je lui offrais à voir mes seins maquillés. Je les caressais et, bien sûr, c'était comme si D. elle-même les caressait. Elle faisait de même. Elle pinçait ses si petits seins et je n'avais qu'à les imaginer sous mes lèvres, disparaissant dans ma bouche...

Il fallait que les gestes, bien qu'ils nous amenaient parfois à nous mettre presque nues, au seuil du désordre, demeurent les plus discrets possibles; non pas discrets, mais inavoués, incomplets: alors, pendant que nous agissions, nous parlions donc d'autre chose. Nous parlions beaucoup; nous devisions doucement; de sujets totalement étrangers à nos actes, des paroles qui les dissimulaient ou même les niaient et, peu à peu, une tension montait en nous, que nous refoulions, qui nous enflammait mais que nous ravalions, souriantes, civilisées, belles femmes du monde, belles femmes d'esprit. Des gestes sans conséquences; du nu et du rhabillé; des sourires charmants; des hochements de tête...

Vint enfin le dîner. Viandes blanches et roses, pain tendre, vins du Beaujolais, rubis et glacés, délibérément offerts en trop grandes quantités. Une très longue table: D. à un bout, moi à l'autre bout, comme dans les films.

Nous mangeâmes lentement. Mozart jouait derrière nous à si faible volume que chaque pièce coulait dans la suivante, empruntant son titre à la précédente. À notre droite, juché sur une chaise, le téléviseur muet nous présentait *The Devil in Miss Jones*: une femme négociait avec sa sexualité afin de reculer l'heure de sa mort.

Après quelques minutes, la conversation tomba. Une queue s'enfonçait dans le cul de l'héroïne. *Monster shot*: on braquait la caméra sur ce cul, déployé avec soin, comme si on devait le voir pour la dernière fois.

D. secoua la tête; elle secouait toujours la tête (on aurait dit qu'elle chassait un frisson) lorsqu'elle décidait d'une chose qui l'étonnait elle-même. Elle se leva. Elle traversa jusqu'à ma droite, se pencha, releva sa robe et, prenant appui des deux mains sur la table, me proposa son cul: rond, rose, musclé. Elle m'annonça qu'elle me servait dorénavant de table et de plat... J'avais des pâtés, des charcuteries et des fromages. Du pain et des confitures fines. D. avait les fesses rondes, roses, musclées; un trou du cul si rose qu'il en devenait presque blanc; des lèvres si roses qu'elles me semblaient presque douloureuses. Chaque petite bouchée que je me préparais, je la glissais dans un trou, puis dans l'autre et je la récupérais avec la langue. De toutes petites bouchées, rien de gourmand, une dégustation; une communion, mais rien de sacré. Je trempais mon pain. Je garnissais son trou du cul. Trou du cul garni. Le vin que je laissais couler empruntait la rigole entre ses fesses, se mêlait à son poil avant de dégoutter sur mon ventre, puis sur le sol. Il fallait boire ensuite. Je lapais en pétrissant ses fesses. D. roucoulait. Il fallait faire lent et délicat, mais le plaisir s'échappait de mon sexe en salves étourdissantes. Que pouvais-je demander de plus si ce n'était que D. fût «démontable», que j'eusse pu oublier le reste de D. et ne garder que ce cul, là, comme il l'était, pour toujours? L'impossible, avec la rage faisant son chemin en moi, me «coûtait du foutre». Il me semblait maintenant que j'avais compris ce que signifiait «vouloir se perdre en l'autre»: ne pas vouloir perdre ce qu'on avait gagné de l'autre. J'avais un cul, je le gardais; disparaissaient rapidement toutes prétentions à la tendresse ou à la décence. D. me parlait de très loin. Je ne pouvais supporter que cet instant, ces sentiments, aillent se perdre dans le désert des souvenirs. Je voulais aussi tout abandonner. Je n'avais aucun choix: comme cela survient si souvent, je sentais déjà le plaisir de plonger dans la mise en scène qui mourait maintenant que la mise en scène était devenue trop familière.

Mais son cul goûtait bon. Dieu qu'il goûtait bon! Les sauces et ma salive y contribuaient, j'imagine, pour beaucoup. Mes larmes aussi.

2

Quand elle eut rempli et coché toutes les cases à l'intérieur de ce qui, sur le grand calendrier suspendu sur un mur de la cuisine, ressemblait à s'y méprendre à une parenthèse, Hélène B. s'aperçut que, même si depuis le départ elle craignait que le moindre prétexte la ferait hésiter, reculer ou même revenir sur sa décision, rien de tel ne s'était produit: le radioréveil se mit à jouer doucement à l'heure prévue et, quoique les médicaments eussent depuis quelques jours pris des libertés avec le contenu de sa tête en y forant parfois des maelströms, la jeune femme s'éveilla – pour la première fois peut-être depuis plus d'une semaine – légère et consciente.

Après quelques minutes de recherches, Hélène B. réussit à découvrir, parmi ce qui avait séché ou s'était avarié au fond du réfrigérateur, de quoi se préparer un véritable petit déjeuner. Il fallait bien sûr combattre la nausée, mais la jeune femme en avait l'habitude. Il fallait aussi combattre l'angoisse. Mais, de toute manière, il y avait des lettres à écrire, pour la suite des événements, des lettres à placer bien en évidence sur la table près de la porte d'entrée (la veille du «grand jour» seulement, trop tard pour qu'on pût, malgré ses instructions claires et précises, venir aujourd'hui voler «à son aide», Hélène B. avait mis à la poste une courte lettre au contenu laconique (elle avait compté: vingt-cinq mots plus la signature); en retournant à l'appartement, la jeune femme avait été troublée de comprendre tout à coup que cette lettre, toute petite, toute grave, était la *seule* qu'elle eût réussi à expédier depuis plus de trois mois; et Robert Y. alors? elle s'arrêta soudain, à quelques mètres de son immeuble; son visage n'était plus qu'une immense grimace).

Elle rangea. Hélène B. rangea pendant une demi-heure, puis abandonna.

La jeune femme se tira un bain bouillant, y versa trois gouttes d'huile essentielle. Est-ce qu'un corps peut, si on l'en convainc, se dissoudre dans l'eau du bain?

Hélène B. s'épongea ensuite de longues minutes; elle choisit son parfum avec soin (mais quelles étaient donc ces odeurs qui *rampaient* partout dans l'appartement?); elle choisit ses vêtements avec soin (la jeune femme ne pouvait porter de slip: ses doigts cherchaient sans cesse à l'arracher).

Elle pensait à tout et à rien.

Elle fuma une cigarette. Le silence, dehors, était complet.

Elle écrit ses lettres. Une de celles-ci, long document de près de vingt pages, commençait par ces mots: *«Lèvres accrochées au pénis d'un homme, tu sens ton corps flotter au loin comme un drapeau...»*

Hélène B. avala tous les comprimés (verts, enrobés, biconvexes, monogrammés PF sur une face et présentant la concentration sur l'autre face: 15 mg) à l'aide de deux grands verres d'eau glacée, évitant, comme à l'habitude, de les mâcher.

Elle fuma une autre cigarette.

Hélène B. se leva de la causeuse, très lentement, et inséra le *Requiem* de Mozart dans le magnétocassette. («Le mauvais goût ne se discute pas», songea-t-elle.) Elle régla l'appareil de manière à ce que la bande passe et repasse, de la face 1 à la face 2, sans arrêt. L'*Introitus* s'éleva doucement, puis gravement, pendant qu'Hélène B. s'étendait sur son lit.

Elle se masturba, mais en vain.

Elle fuma une dernière cigarette.

«**Surdosage: Symptômes:** Les caractéristiques d'un véritable surdosage de morphine sont: la dépression respiratoire (diminution du taux respiratoire ou du volume de respiration ou les deux, respiration de Cheyne-Stokes, cyanose), une grande somnolence qui évolue en stupeur et coma, la flaccidité des muscles squelettiques, la froideur ou la moiteur de l'épiderme et quelquefois, l'hypotension et la bradycardie. Un surdosage grave peut provoquer l'apnée, le collapsus circulaire, l'arrêt cardiaque et même la mort.»

Compendium des produits et spécialités pharmaceutiques

3

L'exécutrice testamentaire était une femme mince, grande – peut-être même trop grande puisqu'elle se surprenait à adopter une position voutée dès que les circonstances l'obligeaient à se mêler à un groupe d'autres femmes. Elle présentait le teint pâle de certaines méditerranéennes, un teint de madone (elle disait: «J'ai les tempes bleues; j'ai les seins bleus aussi.»). Elle faisait tailler ses cheveux noirs, depuis l'adolescence, à la petit page.

«La pornographie ne consiste pas à présenter une série d'événements audacieux; la pornographie n'est pas audacieuse. On ne veut montrer que ce que la vie ose.»

L'exécutrice testamentaire avait la bouche épaisse, les yeux exagérément grands – des lèvres et des yeux qu'elle avait jadis tenté, par des effets de maquillage, de réduire à des proportions qui lui semblaient, encore aujourd'hui qu'elle avait pourtant abandonné ces artifices, raisonnables. La jeune femme était néanmoins fière de ses très longs cils, de son nez qui n'avait rien de romain, de la fossette qui ornait sa joue gauche, de sa mâchoire «volontaire», de son cou, de ses épaules fragiles, de ses petits seins («des seins du Moyen Âge»), de sa taille fine, de ses hanches qui s'épanouissaient soudain («une bonne terre à garçons!»), du poil qui – sans qu'elle n'eût besoin de le tailler – traçait sous son ventre plat un triangle parfait, de ses fesses dodues, de ses cuisses solides, de ses jambes droites, de ses pieds si étroits et si courts qu'il semblait impossible qu'ils eussent pu lui permettre de se tenir debout.

Sans savoir qu'ils se rejoignaient ainsi dès le départ, Robert Y. utilisait les mêmes mots pour décrire, en pensées, la femme qui se tenait nue devant lui.

Une semaine plus tôt, une jeune femme avait pris rendez-vous avec lui. Elle voulait, déclarait-elle, lui présenter des exemples de son travail, l'assurant que ce dernier saurait l'intéresser. X., ajouta-t-elle, l'avait référée à lui... Qui était X.?... Le jeune homme ne se rappelait jamais les visages ni les noms. La jeune femme semblait nerveuse au téléphone. «Je n'ai jamais fait ça.» Petit rire mélodieux. À bout de souffle. Oui, il la recevrait; oui, il possédait un magnétoscope du type approprié...

L'exécutrice testamentaire lui demanda de l'aider: ensemble, sous une pluie sinistre de novembre, ils avaient cueilli quatre caisses du coffre de sa Jetta et les avaient transportées dans le cabinet de travail. À peine l'avait-il débarrassé de son paletot que la jeune femme se dévêtait complètement – timide sourire au début, fier sourire à la fin.

– Vous verrez, avait-elle murmuré pendant qu'il demeurait figé sur place, visiblement inquiet. Vous verrez, c'est simple et beau.

L'exécutrice testamentaire lui avait tendu une lettre (cachetée à la cire rouge). Dans son trouble, Robert Y. avait laissé tomber le paletot par terre.

«La pornographie tord le cou à la réalité. On le dit et cela s'avère. Mais pourtant, ce sont ces actes trop réels que la pornographie illustre que, entre autres, on lui reproche.»

L'exécutrice testamentaire (elle avait donné à Robert Y. un faux nom; inutile, ici, de le répéter) guida le jeune homme vers un fauteuil dans lequel il tomba docilement.

– Ouvrez, fit-elle en pointant du doigt la lettre. C'est pour vous.

Robert Y. balbutia quelque chose mais, comme l'exécutrice testamentaire se plantait devant lui, écartait bien grand les jambes et se mettait à se masturber sans le quitter des yeux, il préféra s'affairer à décacheter la lettre. Cette dernière contenait six feuillets remplis sans qu'on n'ait laissé d'autre marge que celle du haut. Le jeune homme sauta au dernier feuillet: il était signé «Hélène», sans patronyme. Et, remarqua Robert Y. sans trop de raisons, il manquait le traditionnel chapelet de XXXX.

– Vous n'êtes pas Hélène, fit-il.

La jeune femme secoua la tête.

Robert Y. revint au premier feuillet:

«Chéri,

> *«J'aurais tant aimé te sucer... Mais on le fera bientôt à ma place... Peut-être mieux d'ailleurs que jamais je n'aurais su le faire...*

> *«... Même si, aujourd'hui, de cet endroit bizarre d'où je te parle, on pourrait dresser une longue liste de choses que je regrette n'avoir pu vivre avec toi (des milliers d'événements, de circonstances, de paroles, de sensations que nous ne partagerons jamais), c'est ce geste, aussi*

crûment exprimé, aussi peu "amoureux" lors-
qu'on l'exprime aussi crûment, qui me vient en
tête... J'aimerais te sucer; ne pas avaler ton
sperme, mais m'en barbouiller la figure...»

Le jeune homme tenait la lettre d'une main; il tremblait un peu. Son autre main avait glissé d'elle-même
vers la braguette de son jean. Mais il ne bandait pas du
tout.

«La pornographie n'illustre pas le désir, mais sa réso-
lution. On pourrait lui reprocher de n'y mettre aucun
frein ou de n'y opposer aucun obstacle moral. La por-
nographie, c'est le lieu enfantin où tout dit "oui"...»

L'exécutrice testamentaire se répétait sans cesse la
même chose: *comment faire?* Passé le choc de la découverte, après qu'elle eût parcouru la très longue lettre qui
lui était adressée, la jeune femme avait dit «oui» sans
hésiter. Maintenant, quoiqu'elle eût trouvé dans cette très
longue lettre une manière de mode d'emploi, la même
question revenait constamment: *comment faire?*

Elle songeait: *rien à cacher, rien à perdre, rien à*
gagner, rien à espérer. Triste? Oui. Excitée? Oui. En
prévision de cette visite, elle avait respecté, pendant
quelques semaines, un vœu de chasteté.

Robert Y. parcourut la lettre une première fois, puis il
entreprit de la lire à nouveau. Pendant cette deuxième
lecture, l'exécutrice testamentaire s'agenouilla entre ses
jambes et, avec des gestes rapides, avant qu'il ne puisse
protester, descendit son jean à mi-cuisses. Robert Y. ne
portait pas de slip; son pénis, non circoncis, était minuscule: elle le prit en entier dans sa bouche et entendit
aussitôt, comme si ça venait de loin, un long soupir...

L'exécutrice testamentaire gardait les bras le long du corps. Le pénis gonflait un peu – il semblait sautiller sur sa langue – mais, lorsque la jeune femme releva les yeux, elle ne put lire, sur le visage de Robert Y., caché derrière les feuillets de la lettre, ce qu'elle y faisait naître – ou fuir.

La jeune femme se rendait parfaitement compte qu'elle faisait partie d'un tableau: sa prudence, l'inquiétude de Robert Y., la lenteur des gestes, les paroles qui demeuraient tues, tout cela les confinait au monde statique de l'image, aux réticences du rituel dont elle seule, pour l'instant, connaissait le secret, le mode d'emploi. L'exécutrice testamentaire avait amplement le temps de penser, mais penser ne servait à rien. Le parfum du jeune homme lui rappelait un ancien amant. *Tabac.* Combien de fois l'avait-elle fait éjaculer dans sa bouche? Lui ne l'avait jamais pénétrée, prétextant qu'il ne voulait plus reprendre à son compte les comportements sexuels patriarcaux. Il ne bandait que dans sa bouche ou dans sa main. L'école de la masturbation. «... *Il ne faut jamais recalotter le vit qu'on branle...*» Parfois, lorsqu'il partait, au petit matin, la jeune femme roulait au bas du lit et, entortillée sur la moquette de la chambre dans les draps qui l'avaient suivie dans sa chute, elle s'enfonçait à peu près n'importe quoi dans le vagin. Elle ne pensait à personne...

L'exécutrice testamentaire se leva alors, abandonnant aux bons soins de son propriétaire le pénis qui épaississait. Robert Y. s'empoigna aussitôt, mais retira vite sa main, soudain conscient de son rôle involontaire dans la scène.

– Vous... commença-t-il.

D'un geste, la jeune femme le fit se taire et, pendant quelques minutes, elle ouvrit les caisses, les vida de leur contenu. Pendant ce temps, Robert Y. remonta son jean puis, haussant les épaules, le retira. L'exécutrice testamentaire étalait en éventails sur le sol quelques douzaines de photographies en noir et blanc. D'étranges jeux de cartes monochromes. Remplis de reines nues. Il savait maintenant qu'elle s'appelait – qu'elle s'était appelée – Hélène. «*Tout aurait pu être beaucoup plus simple,* avait-elle écrit dans la lettre qui lui était adressée. *Mais ce n'est pas le cas. Je t'offre alors ma volonté de faire survenir ce qui n'aurait pu, de toute manière, survenir. Je ne tiens surtout pas à laisser quoi que ce soit à ton imagination: l'imagination ne sait rien.*» Il s'assit par terre en tailleur et tira au hasard des photographies, les regarda un instant, puis les replaça dans leurs piles respectives. L'exécutrice testamentaire lui tournait le dos; penchée sur une caisse qui contenait, celle-là, des vidéocassettes, la jeune femme lui offrait son cul avec si peu de manières qu'il lui semblait tout à coup familier, comme celui d'une compagne de longue date.

– Vous la connaissiez depuis longtemps? demanda-t-il, mais l'exécutrice testamentaire ne répondit pas; elle se releva plutôt, se dirigea vers le magnétoscope et y inséra une vidéocassette. Elle fit démarrer l'appareil. Quelques secondes plus tard, une jeune femme incroyablement fatiguée (une jeune femme dont Robert Y. se demanda si, en d'autres temps ou en d'autres lieux, il l'eût désirée quand même), une jeune femme à la voix éteinte, à la peau transparente, se mit à lui avouer sa conviction qu'il ne lui fallait – maintenant ou jamais – rien laisser au hasard. «*Je ne puis plus me permettre de me fier au hasard.*»

La lumière lui volait ses couleurs, ne lui en proposait que des fausses.

Le jeune homme baissa les yeux: l'exécutrice testamentaire continuait à étaler les photos. Et, sans comprendre cette obéissance, Robert Y. acceptait; les questions viendraient sans doute plus tard, avec plus de force. Présentement, on disposait à ses pieds une mer de chair; il en sentait la chaleur, la douceur – le murmure persistant qui les reliait toutes –, la chaleur, la douceur – les regards qui, de partout, se fixaient sur lui –, les gestes lourds (gestes d'ange), les lourdes ententes, l'opiniâtreté, les paroles cachées, ou les cris retenus avec peine. Toujours la même jeune femme que les photographies, d'où Robert Y. les contemplait, semblaient montrer nageant ou rampant. Toujours la même femme: parmi ces images, il ne savait laquelle choisir, comme s'il s'agissait d'un foisonnement, d'un bouillonnement, d'une rage, sans début et sans fin. *Celle-ci?* Renversée au fond d'un fauteuil de velours sombre, jambes écartées, droites dans les airs, elle regarde vers nous et sourit, nous invitant sans doute à l'aider à enfoncer plus profondément encore les épaisses chandelles qui occupent son sexe et son trou du cul. *Celle-là?* Ses vêtements sont à peine entrouverts; elle regarde à sa droite comme si quelqu'un venait de sonner à la porte; mais elle continue néanmoins: elle pince un mamelon – en vérité, elle le tord –, elle tire sur les lèvres de son sexe... Mais ces gestes se répétaient vingt fois, trente fois, cent fois; les objets étaient plus courts, ou plus longs; ses vêtements demeuraient sages ou, plutôt, semblaient éclater sur elle.

«La pornographie, c'est la répétition, jusqu'à l'absurde; c'est l'illustration, jusqu'à ce qu'il n'y ait plus rien à voir. C'est la victoire sur ce qui ne se peut.» La jeune femme parlait lentement. Parfois, Robert Y. s'apercevait que les mots ne faisaient que s'empiler: ils quittaient ses lèvres et s'empilaient autour d'elle comme de la fumée de cigarette dans une pièce sans air. Mais ces mots, Robert Y. le voyait aussi, ne cherchaient pas à faire la preuve de quoi que ce soit; ils n'étaient là que pour accompagner: l'immobilité du sujet ou ses désordres.

L'exécutrice testamentaire s'assit par terre. Un doigt dans son sexe, elle lisait doucement (les deux voix de femmes s'emmêlaient parfois dans sa tête): de larges feuillets à travers lesquels elle citait quelques phrases.

«Qu'aurais-tu pu faire, dis-moi, si j'eus décidé de ne pas t'aimer?...»

«Je te vois sous la douche: tu trembles, tu tiens à peine debout; tu regardes, en retenant ton souffle, ces grosses gouttes de sperme qui, flottant d'abord, immobiles, comme encore accrochées à ta queue brillante de savon, s'écrasent enfin au fond de ton bain, le bruit de leur chute perdu dans le bruit de l'eau qui te martèle le dos...»

L'exécutrice testamentaire lisait avec calme et sérénité – comme une speakerine à la télévision.

«J'avais le choix de mourir sans t'avoir désiré ou de mourir à bout de désir. Je n'avais donc aucun choix. Je pouvais mourir sans laisser de traces de mon désir. Mais c'eut été comme une mort sans confession: l'enfer ou le

purgatoire m'attendaient alors. Je t'ai désiré: ardemment, vaillamment. Et voici mes péchés, mon repentir, ma foi...»

«Je me photographie comme je respire; je me masturbe comme je respire... J'ai lu quelque part que la pornographie est un ersatz de sexualité pour celle ou celui qui la consomme. Pour celle qui, ici, la produit, que pourrait-on déclarer? Que la pornographie représente un ersatz de séduction?... Je te convoque peut-être à un rendez-vous avec le regret; je te traîne jusqu'à moi qui ne suis plus là; je te tire par la queue (ou bien on le fait pour moi!)...» L'exécutrice testamentaire leva les yeux vers Robert Y. et sourit; Robert Y. sourit à son tour, mais cela ressemblait davantage à une grimace.

Assis comme au centre d'une galaxie. La matière, malgré les apparences, était répartie uniformément dans l'espace. Et Robert Y. voyait que son pénis bandait, puis débandait, une goutte visqueuse perlant au bout (son corps se laissait surprendre). *Pourquoi moi?* Parce que. Mais, il l'avait déjà dit, les véritables questions viendraient plus tard, lorsqu'on le laisserait seul à négocier avec ce fantôme — ce fantôme éclaté en mille représentations tendres et inquiétantes... Assis au centre d'une *foule* de bontés. Prenait-il la partie pour le tout? Mais non, ce n'étaient pas des parties (plutôt: des *conditions,* des *états,* des *repas);* il n'y avait pas de tout (plutôt: une *légende).*

L'exécutrice testamentaire continuait; la jeune femme tant épuisée continuait; Robert Y. songea soudain: *Elle veut que je ne souffre plus.* Il se demanda: *Pourquoi moi?* Et reprit: *Elle avait abandonné toute prétention au bonheur, mais ne voulait pas que je souffre.* L'exécutrice testamentaire s'arrêta. Elle déposa ses papiers par terre.

Robert Y. vit l'écriture serrée dont étaient couverts les feuillets. *C'est comme si j'avais perdu la mémoire,* songea-t-il. *Quelqu'un vient me rappeler une partie de mon passé enfoui profondément. Mais je ne me souviens de rien.* Tout ce qui eut pu faire partie d'une *histoire* ne tenait nulle part, n'appartenait à aucune séquence solide: pas dans le passé qui n'avait pas eu lieu, pas dans le présent qui glissait, pas dans le futur qui ne surviendrait jamais. Le présent était admirablement maquillé. Robert Y. secoua la tête.

«*Je suis un objet qui frémit, je suis un sujet qui rougit*», fit la voix d'Hélène à l'écran du téléviseur.

— Imagine, fit l'exécutrice testamentaire, que c'est une visite. Elle n'est pas ici à demeure; elle te visite. Et elle te visitera toujours – aussi souvent que tu le désireras – et seulement aux moments où tu le désireras vraiment.

«*Chaque matin, j'enfilais mon désir avant d'enfiler ma culotte. Ça me gardait au propre. Dans l'autobus, je m'assoyais assez loin derrière afin d'être en mesure de les voir défiler, tous et toutes. Je les déshabillais. Ils ne protestaient pas. Au collège, j'étais barbouillée de désir parce qu'ils étaient beaucoup trop nombreux, ces filles et ces garçons qui possédaient des sexes frais entre les jambes. Les visages se confondaient, toujours, mais les corps m'éclaboussaient tous au passage. Certains jours, postée dans une stalle ouverte des W.C., j'aurais voulu, tous et toutes, les accueillir à tour de rôle, les prendre, me laisser prendre, me rouler dans leur chair, tout tirer de leur chair, chacun et chacune, parce que chacun et chacune étaient uniques. Je souffrais de ce qu'on pour-*

rait nommer une rage de chairs: personne n'était à l'abri de ma tête...»

Robert Y. se disait qu'on lui proposait, naïvement peut-être, un apprentissage du *vouloir aimer* et du *vouloir être aimé*. Il n'avait pourtant pas demandé à être désiré.

Une visite. Il se sentait lui-même en visite dans cette réalité-là. L'exécutrice testamentaire se frayait à ce moment un chemin parmi les photographies. Elle rampait vers lui à quatre pattes. Elle s'affala sur ses cuisses et visa très juste.

□

«Si elle remplit ta bouche sans qu'il t'en coûte quelque effort, c'est qu'elle dort toujours. La peur, l'étonnement, la fatigue, que sais-je? Mais, en vérité, tout ce que tu lui as montré, tout ce que tu lui as lu ou fait lire, l'ont mis dans un état tel qu'il oscille entre l'excitation et le dégoût. C'est la pornographie. L'excitation est inévitable (goûte son pénis: des larmes de sel le couronnent). Le dégoût aussi: on lui demande de plonger dès maintenant, comme ça, sans raison. Ton corps... non, la disponibilité de ton corps plutôt... l'excite et le dégoûte en même temps... Et tu lui as bien fait voir ton cul? En pleine lumière? On doit toujours contempler un cul en pleine lumière. Si tu te penches vers le sol (comme pour toucher le bout de tes orteils), jambes droites, serrées, ton cul lui apparaîtra dans toute sa splendeur. Dis-toi qu'il aura regardé (il se sera probablement manualisé en te regardant), très peu toutefois puisqu'il craignait qu'une érection le dénonçât.

Et tu sais que, lorsque tu prends cette position, qu'il n'y a plus rien d'autre à comprendre qu'un corps (la moitié du corps) qui grimpe du sol, un cul comme sur une double tige, une arme douce (blanche!)... Puisque maintenant tu la tiens, cette queue, dans ta bouche, tu peux gémir, tu peux soupirer et grogner: ce sera un langage qu'elle comprendra. Lève les yeux parfois vers ses yeux à lui. Il ne saura que dire. Après quelques secondes, si ton regard croise le sien, profites-en alors pour sortir son pénis de ta bouche... Souris! Passe ta langue sur tes lèvres! Prends-le dans ta main et agite-le un peu (il aura gonflé, ce sera comme s'il s'était rempli de muscles nerveux, et il opposera maintenant une certaine résistance, cette résistance d'où vient presque tout le plaisir). Ne quitte pas Robert Y. des yeux: ses yeux s'ouvrent et se ferment; il souffle; il ne peut s'empêcher de sourire (un sourire enfantin, non? quel beau cadeau!). Son érection viendra par secousses légères, jusqu'à ce que le pénis se dresse, se cambre et que le gland ait pris un lustre charmant. Dis-toi que c'est ta salive qui lui donne cette patine: plus tu lui donneras de ta salive, plus le gland brillera, plus il semblera coulé dans une matière noble. Pense à moi... Tu pourrais, ici, précipiter les choses: car c'est ici que les hommes eux-mêmes, lorsqu'ils se masturbent, accélèrent subitement. Si tu forces le rythme, si tu serres la main, il ne te faudra que quelques coups de poignet pour voir jaillir le sperme. Attends un peu. Pense à tout ce que j'aurais voulu voir et sentir. Fourre-toi sa queue dans la bouche. Suce, salive, avale. Puis sors-la. Caresse, tire, tords, frotte. Puis arrête. Arrête maintenant! Souris. Pense à moi... Il passe la main dans tes cheveux. Il ne peut, bien sûr, te caresser avec amour ou avec tendresse: son geste, quoique très doux, tient du symbole: c'est une caresse qu'il te rend, *réponse convenue à tes œuvres. Il caresse tes cheveux; il ne connaît pas tes cheveux, leur odeur; il goûte présentement leur finesse inattendue. Laisse son pénis se rabattre contre son ventre. Caresse ses cuisses de l'extérieur. Comme on dit, leurs muscles sont tendus à se rompre. Son pénis bouge tout seul. Il te salue. Tu peux rire. S'il te demande pourquoi tu ris, tu lui expliqueras avec humour que son pénis vient de te saluer. Il comprendra: la plupart des hommes croient à l'intelligence de leur queue et, plutôt que de la réifier, ils lui donnent en secret un nom, ou une identité, des qualités, une indépendance toute humaine. Il rira à son tour. Il prendra son pénis dans sa main, le masturbera lentement (observe la façon dont il s'y prend: ses gestes sont sûrement plus volontaires, plus... sérieux que les tiens), puis il le guidera vers tes lèvres. Lèche. Ne le prends pas dans ta bouche. Lèche. Laisse-le s'appuyer sur tes lèvres et lèche du bout de la langue. Pense à moi... Maintenant, son odeur te remplit. La tienne monte jusqu'à lui. Quel parfum as-tu choisi? Gianfranco Ferre? La Perla? Peu importe. C'est l'odeur de ton cul béant qui monte, du cul que tu fais balancer juste un peu trop loin, hors de portée de ses doigts. Ce qu'il voit, ce sont tes flancs, ton dos, tes fesses, la raie de tes fesses: on dirait un énorme pénis tendu à partir de son propre ventre à lui. Tu pourrais alors te relever, te retourner, le lui offrir ce cul qui exhale. Si tu t'approches suffisamment, il pourra le prendre de main ferme, y enfoncer le visage, y enfourner le nez et la langue (le nez, c'est pour le trou du cul, la langue, c'est pour le vagin). Il va grogner à son tour. Il va murmurer d'étonnement et de satisfaction: "Mon Dieu, quel cul!" Il va te pétrir les fesses: il n'a plus aucune question en tête maintenant...*

«Tu me vois, n'est-ce pas? Les photos sont étalées sur le sol autour de vous, en désordre peut-être. Tu lui offres ton cul et tu tiens la position, presque accroupie, mains à plat sur les genoux. Tu me vois. Tu entends les bruits qu'il fait avec sa bouche collée comme une ventouse à ton sexe. Ces bruits te remuent tout autant, sinon plus, que ne le font ses coups de langues portés au hasard. Ne ferme pas les yeux. Cherche plutôt ce cliché où je parais, assise derrière ma table de cuisine. Quoique j'y sois nue encore une fois, c'est un autoportrait banal que celui-ci: ma tête repose, légèrement inclinée, sur une main, alors que mon autre main tient un stylo suspendu au-dessus d'un feuillet à moitié couvert. Ai-je l'air songeuse? Il faisait si chaud ce jour-là; on voit la sueur perler sur mon front, dans mon cou, entre mes seins. Je te regarde. Je te vois. Je te vois pendant qu'on te mange avec appétit. Je prends ta place. C'est mon cul "chauve", à la place du tien au beau poil soyeux, sur lequel s'écrase son visage. Pense à moi...

«Je t'entends inspirer entre les dents. C'est à ton tour de ne plus savoir que dire... Au cinéma porno, on parle, on crie, on étale son désir, on décrit ses gestes et les gestes de l'autre, sa taille, le goût de ses chairs, la hâte qu'on éprouve à s'enfoncer ou à sentir qu'on s'enfonce. C'est la narration. Le comédien, la comédienne narrent leur jeu. On écoute chaque narrateur à tour de rôle, chacun doublant, multipliant la réalité de l'autre. Chaque

mot devient un signal, une annonce, un titre. Toi, tu ne dis rien. Je sais que tu ne dis rien. Une réalité prudente que la tienne! Tu gardes ta narration pour toi-même. Ton désir, c'est ta narration. Tu crois qu'il n'y a pas de mots, même sales, pour décrire ce que tu veux. Alors, pense à moi: dis-moi, dans ta tête, comment tu aimes être mangée, comment tu aimes qu'on y aille rapidement, mais qu'on arrête souvent, comment tu préfères qu'on y mette toute la salive possible, des flots de salive fraîche et fine qui te baignent, coulent ensuite sur tes cuisses, font que la langue clapote et glisse. Dis-moi ce que tu veux qu'il fasse de ses dix doigts pendant ce temps-là. Serre tes seins. Mords tes lèvres: si moi, je te vois faire, lui, il le devine. Agite le cul – ajoute à ses œuvres à lui.

«Puis arrête. Relève-toi. Il va protester, mais si faiblement que c'en est touchant. Regarde-le par-dessus ton épaule. Il bande dur. Passe vite la main entre tes cuisses, empoigne-le, assieds-toi sur lui, prends-le en toi. Tu peux parler; tu peux lui dire: "Bienvenue, mon beau! bienvenue chez toi!" Il comprendra comment tout a été si facile et si clair... Je te lèche les tétons. Toi, pompe bien. S'il dérape et sort, rentre-le à nouveau en toi. Il te bourre. Il est à toi. Il croit que tu es à lui. Mais vous êtes à moi, tous les deux. À moi seule...

«Tu cries, n'est-ce pas? Il s'enfonce en toi par-derrière et moi, je te lèche par-devant. Je tiens tes seins (avec tes mains) si fort qu'ils vont bientôt te faire mal. Tu montes et tu descends. Tu sens sa queue gonfler en toi. Pompe. Encore. Puis relève-toi. Dis tout simplement: "Encule-moi!" Murmure-le afin qu'il doute d'avoir bien compris. À son hésitation, réponds par un geste décidé: sers-toi

toi-même. Il comprendra. Sens alors la fin venir. Moi, par-devant, avec ton majeur et ton index, je m'enfonce dans ce sexe que tu viens de libérer, encore tout odorant, de cette odeur sans compromis, plus âcre que celle des jus du départ... Dans la pornographie, les mots, les obscénités que s'échangent les partenaires remplacent leurs odeurs, les goûts, leurs cœurs qui battent, la brûlure de la crise qui approche.

«Il est dans ton cul jusqu'à la garde, jusqu'au poil! Tu sais qu'il luit. Tu avais tout prévu. Tu es propre. Un lavement avant de courir chez lui. Tu n'auras pas à goûter ta propre merde... Pense à moi pendant que tu te retournes soudain, que tu t'effondres sur lui et le reprends dans le théâtre de ta bouche. Il n'a pas eu le temps de poser quelque question que ce soit. Il ne pourra jamais être aussi avide de vérité que maintenant. Sers-toi de ta bouche, de tes mains. Il se tend vers toi. La violence est permise. Elle lui arrachera moins que des cris et plus que son âme. Et maintenant, pense à moi, car il veut hurler ton nom mais, sachant que celui que tu lui as donné en arrivant est faux, il doit demeurer muet. Il tend les jambes de chaque côté de toi. Retire le visage. Immédiatement. Regarde! Regarde jaillir le sperme! Regarde-le gicler, épais chapelet gris perle, pâte bénite, joyeux rosaire à l'odeur de fumée et d'ammoniac...»

Montréal, le 17 avril 1991

Cet ouvrage, composé en Times corps 13
a été achevé d'imprimer
sur les presses de Ginette Nault et Daniel Beaucaire
à Saint-Félix-de-Valois en juin 1991
pour le compte des
Éditions Les Herbes Rouges

Imprimé au Québec (Canada)